灼目之夏

吴沚默————

著

天津出版传媒集团

天津人民出版社

图书在版编目(CIP)数据

灼目之夏 / 吴汖默著. -- 天津 : 天津人民出版社,
2025. 1. -- ISBN 978-7-201-20552-6

Ⅰ. Ⅰ247.5

中国国家版本馆CIP数据核字第2024T6L807号

灼目之夏
ZHUOMU ZHI XIA

出　　　版	天津人民出版社	
出 版 人	刘锦泉	
地　　　址	天津市和平区西康路35号康岳大厦	
邮政编码	300051	
邮购电话	(022)23332469	
电子信箱	reader@tjrmcbs.com	

责任编辑	康嘉瑄
封面设计	肖　瑶

印　　　刷	天津海顺印业包装有限公司
经　　　销	新华书店
开　　　本	787毫米×1092毫米　1/32
印　　　张	8.25
插　　　页	1
字　　　数	135千字
版次印次	2025年1月第1版　2025年1月第1次印刷
定　　　价	58.00元

目 录

第一章

旧事

　　那一夜,所有人都没有等到这场戏剧的女主角。

TO ALL：

　　D、S、C、A2，

　　敬启。

　　大家好，毕业十年没有见面，你们都还好吗？

　　再过两个星期就是7月3日，那是傅薇生同学十周年忌日。如果那天有空的话，我希望大家一起去山顶墓园看望她。我们可以中午先约在学校附近的"水木月"，据我所知，那家店换了老板，但名字还是一样。另外，缆车在两年前重新开放了，大家可以搭乘缆车前往。

　　之所以没有通知"M"，是要很沉痛地告诉大家，M同学在去年过世了。这事也许你们中的某些人已经知道了，但不管怎么样，大家见面时也可以一起怀念一下M同学。

　　不知道你们还记不记得，M同学的全名是裴南阳，那时候就是他帮我们开了这个公用邮箱的，对吧？使用公用邮箱的这个习惯一直持续到大学最后两年，当时在我们排练时还会不由自主地直接叫出对方的"网名"，导演是D，编剧是S，服装是C，音乐是M，演员是A。毕业十年，或许大家早就忘记了彼此的全名吧。

　　不知道十年以来，大家过得好吗？曾经的梦想都实现了吗?

还记得那个刚入社的夜晚吗? 我们坐在一起直到天亮,每个人都被要求写下自己的梦想放在密封信封里。当时我还以为是公演之前要一起打开它的那种无聊游戏,谁知S竟然直接打乱了信封,要我们互相大声念出对方的梦想。

真的很羞耻啊。

当时我竟然抽到了自己的梦想,我鼓足勇气大声念了出来:我要自由自在!

我的脸红得发烫,死都不承认这是我写的。可是就这么几个人,排除有人热爱音乐说"我要成为万千少女的偶像,才怪",有人说"我要做很厉害的女演员",有人说"我要拿剧本金像奖",有人说"我要赚很多钱",还有人说"我要结婚生小孩"。

结果大家都以为梦想要结婚生小孩的那个人是我,真的是很尴尬了。

从头到尾,我想要的只是自由而已。

对了,你们还记得傅薇生的梦想是什么吗?"要做很厉害的女演员"那个人一定是她,这么多年了,每次我看见电视里美丽的女演员,都会想起傅薇生,如果她还活着,会不会是其中一个？她会不会有很多新闻,会不会在访问中说起她演艺的启蒙就是来自我们这一帮人呢？如果什么也没有发生,如果公演顺利,所有的聚光灯都聚焦在她身上……她一定做得到。

至于我,为什么当时会写下"自由自在"这样的屁话,一定是因为我很困了,想要自由地冲回家里睡觉吧!

如今,我也真的自由了。不管怎么样,我很想念你们,希望能够见见大家,和你们说说我心里的话。我知道你们也有很多疑问想要问我。

其实当年在剧社的时光对我来说真的很愉快,希望你们也记得那些快乐的日子。

到时见。

可惜裴南阳已经来不了了。

祝生活愉快!

From A1

2018年6月20日

· 1 ·

　　最后一班缆车是晚上8点，其实我一直搞不清楚为什么观光缆车要营业到夜晚。那时山里的雾气开始聚拢，它们比黑夜更深重，山谷像是策划着一场阴谋。那些无人乘坐的缆车如同幽灵般开始移动，一颗一颗，像是送进白色浓雾里给怪物的食物。

　　所幸现在还只是下午，刚刚下了一场暴雨，这座海边城市还没有结束它燠热的一天。雨水把山谷洗得通透，一切都祥和静美，似乎周遭一切都合谋遗忘了这里的历史——缆车在十年前停开，后来又在三年前动工修整才重新开放。

　　重开的缆车，比起从前简陋的露天铁栏杆红黄蓝双人座，显得现代许多。外形是一颗一颗光滑的玻璃圆球，将球内的人们与山雾完美隔绝。

　　此时我像是坐在一架飞行器中，看着窗外无声的宇宙。在那狭小空间里，我手中的那束蓝紫色矢车菊是唯一鲜活的物体。透过浑浊的玻璃望向外面，城市在山脚下蔓延开来。再顺着山脚往下，就是我的大学。

这是一座建在半山腰的校园,它占地面积不小,不仅是有名的公立大学,而且更是许多名人的母校。在学校某些地方,学生们一抬头就能看见缆车掠过校园。或许这也是缆车观光的一部分?俯瞰远处那些年轻的身影,他们抱着从图书馆借来的厚厚的参考书在校园中穿行,裙摆在女孩的小腿处轻盈掠过,男孩子们骑着单车赶着上课铃疾驰而过,学校门口餐厅飘散而来的香气……但现在,这一切喧闹都已经离我太过遥远了,远得好像是上一辈子的事情。

对了,还有夏夜的花香,山谷里有许多合欢树,一到夏天就结出小小的白色花朵,远看像树上积雪,而南方怎么会有积雪呢。一到夜晚,浓烈的花香便包围了校园,不禁让人回忆起那个在学校散步的夏日夜晚……

缆车继续缓缓下行,先是掠过一条溪流,这溪流进入大学校园,经过操场,再流经城市和别的水源汇合在一起,最终汇入大海。据说那条溪流名叫"醉梦溪",是多年前艺术学院喝醉的学生起的——醉生梦死,那是电影《东邪西毒》里的一种酒的名字。一直以来,溪流没有正式命名,"醉梦溪"也就这样口口相传下来。

缆车就在醉梦溪的上方,缓缓进入中转站,在空荡荡的站里转了一个圈后,站里唯一一个工作人员目送着我,缆车进入最后一段行程。在一段小小的震动后,缆车出了中转站,前方,是山顶终点站。

重建之后的缆车,经过交接带时震动幅度明显减小,在玻璃球里几乎感觉不到,对比起十年前外露的滑雪场式缆车,实在舒适了许多。

也就是在这一段行程中,脚下变成了深深山谷的地势,树木最为茂密,偶尔透过树冠能瞥见大学边界的一角。那是醉梦溪桥下的一块空地,多年前只是一片草地,之后被学校改建成一个带有阶梯的小广场。据说当时一个热爱莎士比亚的文学院副院长建议,不如加建几根石柱修整成古希腊式样的剧场。石柱加上后却有些不伦不类,学生们也还是照常在阶梯上看书复习,抑或谈恋爱、听歌、喝酒。而那空荡荡的舞台,仿佛供奉着大家幻想中的文艺众神。

十年前的那一次,我们决定使用它作为剧社公演场地,只有那一次。

直到现在,我仍然无法忘记当时看见它的一幕,夜色中白色石砖被耀目的舞台灯光打亮,像一片不可能出现在南方的明亮雪地,周遭的人们黑压压地围着舞台,那些等待着的身影像是与黑夜融为一体……在那些观众中,不仅有校内学生,更有知名导演、知名编剧,而在他们的周围,那白色舞台的三面,散布着许多白色气球,所有的一切,都在等待着舞台正中央聚光灯照亮的地方。

那里空无一人。

那一夜,所有人都没有等到这场戏剧的女主角。

直到一个月后,炎热的盛夏过半,游人开始徒步登山。有徒步者在深邃的茶山山谷中发现了一具穿着女主角戏服、严重腐烂的女尸。而那一届的学生早已毕业,各自奔赴漫漫前程,如同流向城市汇入大海的醉梦溪。大多数同级学生只是在新闻里看见了这一惨剧。

广陵大学剧社毕业公演女主角傅薇生,大约死在2008年7月的某个夜晚。新闻说死者疑似因缆车安全栏故障而坠下深谷,因为入夜所以一直没有被工作人员发现。还有一种说法,经尸检死者坠下后并没有死,但伤口的血腥味吸引了草丛中的毒蛇,最终被毒蛇咬死。

当时缆车设施陈旧,存在铁护栏机关老旧导致意外发生的可能,并且夜晚当值的工作人员也没有发觉有人坠谷,实为工作失误。发生了那么大的事,茶山缆车停业整顿,重新开放后,缆车经过全新修整,变成了相对安全的全包裹式设计。而广陵大学的古希腊剧场,自此之后再也没有上演过任何作品。

傅薇生意外身亡的消息传出之后,她的父亲来过一次学校,了解情况后也没怎么闹。据说傅薇生的母亲多年前就过世了,父亲又早已移民国外另有家庭。当时学校有些传闻,说是在傅薇生的出租屋里找到了艾滋病病毒抗体呈阳性的检验报告单。大概是不想面对女儿患病自杀的事情,傅薇生的父亲并不想对此深究。事情后来也就不了了之,被当作一场意外,在低年级学生的议论中逐渐被淡忘了。

　　缆车缓缓到站,山顶的树木愈发浓密,在掠过一棵巨大银杏树树冠后,山顶总站的牌子就出现在眼前。

　　因为不是放假时间,这儿和曾经游客熙攘的场面相比,显得冷冷清清。我站起身准备下车,看见一对老人家在等缆车,他们对我笑着点点头。我跳下缆车,他们坐了上去。我这才意识到,所谓的“水晶缆车”,也就是说地板是透明的,这对于年轻人来讲颇为有趣,但对于老人家未免太刺激了。我刚想回头提醒他们,缆车早已驶出站台,向着深邃的茶山驶去。

　　在繁忙的工作日,能有这样的闲情逸致搭缆车去那个荒废数年的观光景点,那对老人估计不是游客吧,我想也许在他们初次相识时,就曾来到过这座茶山,在夜色中热情拥吻。毕竟年少时看的风景,总和长大之后不一样呢。

如今我们都已步入三十岁，而那个女孩也已经离开我们快十年了。

· 2 ·

　　盛夏。

　　午后燠热的阳光穿透"水木月"冲绳风格彩色木窗，照在居酒屋吧台上，将悬挂起来的彩色玻璃杯穿成一串色块，印在厨房布帘上，形成一种奇异晕眩的美感。

　　即使过去十年，"水木月"的食物也几乎没有加价，并且成为这条学生街最为神奇的所在，平日吃饭时间总是人满为患。现在是下午时段，根本没有大学生光顾，只有几个附近居民坐在角落，闷头吃面前的食物。

　　在吧台与厨房相隔的墙上，挂着来自世界各地的风景明信片。一个睡眼惺忪打工的学生微微倚在上面，满脸写着昨晚熬夜的疲惫，他站在那里颇有些不耐烦，因为吧台那个男客人很显然还在等着朋友。

　　坐在高脚凳上的那个男人身形消瘦，穿着有些被水洗得发白的衬衫和牛仔裤，胡子几日没刮，看起来不仅没有污秽感,而且有种艺术家似的"洁净的颓废"。他已经来了一个小时,点了一杯加冰梅酒,然后一直坐到现在,只喝了小半杯。

真麻烦,能趴在角落睡一睡就好了,反正老板总是待在厨房里,也不会出来监工。大学生心想。

"吱",木门被拉开的刺耳声音传来,让大学生的睡意暂且消失。随即"嗒嗒嗒"的高跟鞋声从门口传来,一位半长发穿着职业套装的女人手中捧着一束用淡紫色纸精心包好的白色雏菊,四处望了望,看见吧台边的男人对她招了招手,她走向他,但脸上充满疑惑。

"文倩!"那个男人先开口,叫文倩的女人狐疑地望着他,上下打量。终于,在她妆容精致的脸上,露出恍然大悟的笑容。

"真的是你! 毕然! 你瘦了好多!"她看着他,一秒尴尬的沉默后,她张开手臂热情地拥抱住了男人,"好久不见,你帅多了,我差点没认出来!"

叫文倩的女人松开手,脸上流露出惋惜的表情:"我只能聊一会儿,等会儿要接女儿下兴趣班,实在不能上山了。"说着,她把手中的花交给毕然:"帮我给薇生吧。"

毕然接过花,点点头,轻轻放在一旁:"饿了吗?"

"不用了,刚刚和客户吃了午饭,我喝杯东西就好。有卡布奇诺吗?"文倩抬头问睡眼惺忪的服务生。

"没有咖啡。"

"那有什么推荐?"

"有特调。"服务生说。

"特调? 什么特调?"文倩微微上扬的句尾音显得冷酷而傲慢,态度如同来到五星级酒店下设的酒吧。

"呃……我要问问……"服务生一溜烟儿钻进了厨房布帘后,过了好一会儿才走出来汇报,"有 Summer Berry。"

"是什么?"

"呃……我再问问……"服务生又要转身进厨房,文倩阻止了他:"算了算了,给我杯热绿茶就行了,热绿茶有吧?"

"好。"服务生最终还是转身进了厨房。

"现在的年轻人真是……我跟你说,我团队刚刚招了两个'95后',我的天,简直是两个大少爷。"文倩下意识地看了看手腕上精巧的金色小手表,然后两人陷入了一阵沉默。

"要烟吗? 这里能抽烟。"毕然拿出烟盒递给文倩。

"不用了,谢谢。"文倩一愣,然后礼貌地拒绝了,"还有谁来? 我看莎莎没回应呢。"

"我联络了陈子谦,他说他录像结束就赶过来。"毕然喝了一口梅酒,冰块都融化了,看起来稀淡似茶水。

"陈子谦？他啊，他现在到底怎么样？我上次在电视里看见他，他穿着个粉红尖尖胸罩又唱又跳扮麦当娜，尴尬死了，立马换台。我女儿还问那个胸前尖尖的是什么呢，要我怎么跟她解释？"文倩说。

"他还真一直留在娱乐圈啊……"毕然若有所思地点点头，附和着文倩的话。

"现在谁还做艺人，大家谁还看电视呢？他们那帮通告艺人，现在好几个转行来我们公司卖保险了。"文倩一边按着手机一边说，手机屏幕还不停弹出新的信息。"真的是，连份保单也看不懂，请你来当大爷的吗？"文倩碎碎念着。

"你女儿几岁了？"仿佛是要换个话题，毕然微笑着问。

"啊，四岁，天天呀呀呀问东问西，你看。"文倩露出久违的微笑从手机里调出一张穿着白色纱裙胖乎乎小女孩的照片，递给毕然看，"上个星期开始给她报了暑期芭蕾舞班。"

"真可爱，那么小就学芭蕾舞。"毕然说，"我记得以前陶雅桥也说过，她四五岁就被妈妈送去学芭蕾舞了……"

文倩一愣，脸色有些不太好看："陶雅桥没来？"

毕然耸耸肩没有回答。

"不是她发邮件叫我们来的吗？"

"吱——"又是一阵尖锐的木门声，这次风吹动了挂在门边的木制风铃,发出并不清脆的木头撞击声。毕然和文倩回头,看见一位染了灰色头发、戴着反光墨镜、穿着醒目logo不规则条纹衫的男人走了进来,他扎眼而不协调的装扮和四处张望的警惕神情,反而让人不禁想看看他到底是什么人。

不用摘下墨镜,文倩和毕然也知道他就是陈子谦,如果你在网络上搜索他的名字,会弹出他更为常用的称呼——"MC谦"。

陈子谦看到两人时,犹豫了一下,确认四周没什么人,这才卸下墨镜上前。只有在看到他的憔悴素颜时,才勉强记起当年那个满脸不耐烦的帅气大学生。

"你是毕然? 哇! 你去哪里减肥的!"

毕然尴尬地笑笑:"我去了欧洲学电影,那里食物太贵了,大概是饿瘦了。"

"不错不错,导演好! 什么时候找我拍戏啊!"陈子谦一开口就是平日通告节目里那种油腔滑调。

"陈子谦,还记得我是谁吗? 好久不见,我看了你的节目,很棒啊,加油。"文倩站起身,一脸灿烂笑容。

"文倩姐姐,你别笑我了,我听朋友说过你,现在是企业女强人呢,多酷啊!"陈子谦拍了拍文倩的肩膀。

"那可得说好了,有需要找我啊,你们好多演员朋友都是我的客户呢。"文倩笑容更加灿烂,"一会儿我要先走,咱们交换个微信,好多年没见了。"

"当然!下次安排个饭局,给你介绍客户!包在我身上!"陈子谦说着举起手,对着仔细辨认着自己长相的服务生撂了句:"有什么喝的? Mojito 有吗?"

"莫吉托吗?下午只能做没有酒精的。"

"什么?哈哈哈哈,你们可真逗,有什么带酒精的?"

"只有梅酒。"

"那就梅酒吧,多加冰块,热死了。"

"哦。"服务生还在继续辨认着陈子谦的样子,觉得他似乎像某个艺人,但又不确定。陈子谦尴尬地戴上墨镜。

"哦,对了。我晚上有点事,上不了山了。"陈子谦看了一眼桌上文倩的白花,于是从口袋里拿出钱包,取出几张百元大钞递给毕然,"哥,一会儿你上了山,帮我买点纸钱烧给傅薇生。"

毕然轻轻躲开:"不用了,山上不能烧纸钱。"

"那就买点花,要不买点水果?"陈子谦说。

"不用了。"毕然摆摆手。

"要的,那么多年同学,总要表达一下心意!"

"真的不用。"毕然的语气坚决。陈子谦这才讪讪地收起钱包。

眼看气氛陷入沉默，此时服务生匆匆从厨房提出一个陶瓷茶壶，往文倩面前的杯子里注入热茶。一股绿茶的香气一下子飘散开来。这里的绿茶倒是清香，是文倩没有想到的。在她印象中，学生街的食物都廉价而糟糕。反正年轻人图个开心热闹、重口味，吃的是什么也不重要了。现在想想自己年轻时，活得真是糙。她如今只去有机超市买食材，不放心女儿幼儿园的伙食，也都亲自下厨给女儿带盒饭。

"干喝酒也不行啊。那个，你们这里有没有招牌小吃啊?"陈子谦对服务生说。

"稍等，我得去问问。"服务生再次溜进了厨房。

"来点坚果也行，有没有炸鸡翅?"陈子谦对着布帘喊，里面却没有回应。陈子谦露出了无奈的表情，叹了口气感慨道："这店倒是一点也没变。"

装潢没变，连角落里那个小小的 live 角也还是那样，夜晚 12 点开始，头上一顶彩色玻璃灯照着个年轻歌手，没有乐队，就一个人弹把吉他唱一个小时。那些歌手基本上都是附近大学艺术学院的学生，一个小时一百五十元，对于当时的学生来说，是笔不小的零花钱。

"是啊，这十年附近估计就这家店还坚持着吧，地铁站修好了,现在店租估计不便宜。"文倩开启了职业化如数家珍模式,"听说附近这几年会规划一大片新别墅区,茶山也要开发成高档住宅区。"

"茶山要盖房子?"陈子谦推推墨镜,往文倩一侧凑了凑。

"早就在建了,我刚特意绕路去看了一眼,几个工地都开始施工了。"文倩熟练地说着,她刚刚把地产中介牌照也考下来了,以后保险、地产一起销售,当然要趁机到处走走熟悉一下环境。

"要买房子趁早买了啊,文倩姐。这里靠近大学,肯定好出租。"陈子谦附和着说。

"那一起买啊,我还能和明星做邻居呢。"文倩笑着说。

"我哪买得起这里的房子? 这里一平米多少钱? 起价得五六万吧? 跟你说,别墅不好住,上次我去山里拍戏租了一套别墅,晚上有蛇钻到厕所了,好像还是毒蛇……"陈子谦说到这儿,突然停了下来。

大家也安静了。

看来,茶山有毒蛇出没这个传说只在大学校园里流传,地产开发商根本无视。无论如何,一个小小的意外,是不会对这个世界造成太多震荡的。当然,这世界不包括此时此刻身在"水木月"的这几个人。

三人默默喝起了面前的饮品。

"敬热浪剧社。"毕然突然举起了杯子。透过梅酒淡淡的茶色,透过五彩玻璃窗的午后阳光,仿佛加上了一层刷旧的时光滤镜……

第二章

朱丽叶

好像未来的所有期许也随着河里的水流一起，在阳光下闪着跳跃的光。

· 3 ·

"什么嘛，换个校区而已，连社团也要重新申请吗？"

面对一进校门两排五颜六色的社团纳新摊位，不少大三学生发出了这样的哀号。他们是从大学"初级部"校区刚刚转到本部的学生。所谓的"初级部"是另一个在市区的大学新校区，主要容纳大一和大二的学生。

当学生们到了大三，才能回到这个有着浓厚历史感的茶山脚下的大学本部学习，"并且能够使用规模宏大的图书馆，方便毕业论文的写作。"老师这样解释。

"但其实，不是大一大二的学生更需要埋头读书，大三大四的学生反而需要更接近市区方便找工作吗？"这样的疑问在学生中广为流传，但无论如何，来到这个书香味浓厚的本部，还是让很多学生感到兴奋。

"如果是在市郊，不是应该选些登山社啊、划艇社什么的吗！"运动社团的学长学姐们穿着休闲紧身运动衫，露出修长的双腿，被阳光晒成小麦色的皮肤，对学弟学妹们热情招徕着。也有穿着墨蓝色汉服的学长，耐心摆弄着摊子上古拙的陶艺品。"这里空气好,山上又产茶,可以修身养性。"汉服学长这样说。"当然还是选择一些对未来工作有帮助的社团比较好啊。"经济研究社、工商互助社这一类的社团前,站着西装革履的学长学姐,他们倒更像是街头地产推销员。

大学本部的气息和"初级部"不同,名校出身的学长学姐们果然做什么都更认真专业。而大一大二的学生们在"初级部"时,普遍像是一群被高中释放的囚徒,整日混迹学校附近的商业区酒吧、KTV,或是在上课时间去排队买限量版球鞋。所谓社团也是一盘散沙,根本没有什么正儿八经的活动,可能想着反正两年后都要解散,那就到了本部再说吧。

果然,到了本部,连那些平日里最散漫的男生也换了一副正经样子,个个低头仔细看着各社团介绍单,也许正是这样的气氛提醒着他们,大学时光已经过半,也该认真把社团学分修完,专心准备毕业。况且,在那些宣传单上通常会印着身为前社团成员的社会名人们,据说他们非常乐意回到学校,和学弟学妹一起进行社团活动,所以也不排除有些学生是为了与他们崇拜的名人建立某种程度的关系而加入社团。

"热浪剧社"也是如此,宣传单上印着大大的著名导演照片,在照片下,还有一系列演员、编剧、作曲家的照片,这些都是在文艺界有名气的人。尤其是那个大导演,虽然刚步入壮年时期,但已经拍出两三部票房不错的作品,凭借学院功底和英文优势,据说最近已经开始打算往好莱坞发展了,前途不可估量。虽然这一切与大导演曾经待过的剧社毫无关系。

在大学里很多艺术学院的老师本身就是业内鼎鼎大名的人士,学生们只要有才华、肯表现,就有机会在在校期间得到赏识。这样一来,毕业的时候就能直接进入业内大公司,不必捱自由身艺术家的苦日子。

何况大家都知道,印在宣传单上面的那些太过闪耀的名字,其实每天都在赶通告,根本不可能来学校为这些学生的未来当免费伯乐。社会的现实,其实大学生都懂。来社团,大多数人还是为了轻松愉快地修个学分。

此时剧社的摊口前,只有一个短发画着浓黑眼线的学姐,自顾自翻着一本时尚杂志,摊口门可罗雀。

"啪!"

一支钢笔掉在地上的声音。学姐低下头,很快认出落在地上的那支纤细暗红色钢笔,是日本传统品牌"Yukari"新出的朱红色限量款,价格不菲,要不是囊中羞涩,她早就想买了。

"不好意思。"拾笔的新生抬起头。一张标致的脸,最令人印象深刻的就是她那头柔顺黑亮的长发,实在是美人坯子,真是让人眼前一亮。女生是在填写报名表的时候弄掉了笔,此时却若无其事地继续拿着笔填写表格。

"没事吧?""啊?"女生笑着看着学姐。"笔没事吧?"这种钢笔是生漆材质,非常娇气,有时一碰就容易坏。果然,落笔间,笔头出现断续模糊的蓝色划痕。女生一脸歉意:"对不起啊,弄坏了你的笔,实在对不起!"

学姐明白了,这女生根本不知道这钢笔的昂贵,这支笔根本不是她的,大概是之前某个报名者留下来的吧。"你叫什么名字?"学姐拿出自己书包里的圆珠笔,递上报名表。

"傅薇生。"女生轻轻拨弄了一下因低头而弄散的头发,对着学姐嫣然一笑。

嗯,很好,终于有漂亮的小鱼上钩了,今天也算没白坐一天。负责纳新的学姐心里大大松了口气。

两天后就是热浪剧社的演员甄选,凡是在报名表"职位意向"演员一栏打了钩的人,都会收到学长学姐的面试通知。

"恭喜你哟,通过了我们的初选!"但其实根本没有初选。

面试那日,傅薇生推开舞蹈教室的门,里面摆了一张长条桌子,后面坐着几个人,有那个总是画着浓黑眼线的文倩学姐、几个不认识的学长学姐,还有个看起来面熟的女人,一时叫不出名字,大概是在电视台演常驻剧的演员。

"你说你在中学戏剧社演过《罗密欧与朱丽叶》,可以现场演一段看看吗?"文倩学姐今日的眼线比之前还要锐利,看起来更加不好惹。

傅薇生迟疑着,旁边的常驻剧女演员假笑起来:"哎哟,这么叫人现场发挥,很难呢。子谦,你来给她对一下戏吧。"她的语气已经尽量温柔亲切,却显得十分矫揉造作。

一个在角落摆弄着DV机的高个子男生不情不愿地走过来,他长着一副帅气的脸庞,看起来说是模特也不为过,只是精气神差了点,脸上带着不耐烦的表情。

"要我做什么?"男生不自然地站在傅薇生面前,长手长脚垂着,不知往哪放的状态。

所有人都看着傅薇生。没过多久,人们发现她双眼通红,泪珠一颗一颗滚落下来,什么话也没说,跪了下来,捉住陈子谦的手,放在脸上搓摩,泪水源源不绝。

就这样哭了不知多久,陈子谦呆站在原地,手上都是傅薇生的眼泪和鼻涕。大家都有些蒙了,最后还是学姐忍不住说了句"OK",傅薇生才慢慢站起来。女演员赶快起身递来纸巾"快擦擦",说来也奇怪,她好像就是长着一张做什么好事都看起来很假的脸。

傅薇生鞠躬礼貌道谢,然后转过身对仍旧呆站在一旁的陈子谦说了声对不起,她把一半的纸巾递给陈子谦擦手。

　　"那个……你是在演哪一段?"学姐有些摸不着头脑。

　　"应该是罗密欧死的时候朱丽叶的反应,是吧?"女演员抢着说。傅薇生微微点点头。

　　"非常有感染力的表演。"女演员带头鼓掌,但房间里只有她一个人鼓掌。

　　"OK,我们会通知你的。"学姐对着傅薇生点点头。

　　傅薇生对着众人鞠了个躬,一旁的陈子谦仍在擦拭着他手上的口鼻黏液,傅薇生看了陈子谦一眼,走出教室。

　　关门的一瞬,傅薇生深深呼了口气。她也不知道自己为什么要撒谎,但就是忍不住啊。

　　走出教学楼,她用剩下的纸巾擦了擦残余的眼泪,然后揉成一团,狠狠丢进垃圾桶。

　　她做了多少努力才能像现在这样,他们不知道,没有人知道。

· 4 ·

傅薇生早早地在小小的出租屋里醒来。

尽管她的出租屋凌乱狭小,但唯独一角的白色木质梳妆台优雅整洁,白黄相间的专用灯泡,透过玻璃瓶罐散发着柔和光芒。她看着镜子,那脸庞饱满柔润,妆容美好,头发也美好。她开始一遍又一遍地梳着发丝,在发尾涂上新买的护发油。

中学时期,有天后座同学突然发现她头发有一点头皮屑,然后一切都无法控制了……那个渺小自卑的自己,别说是进剧社演女主角了,连被老师点名站起来回答问题都会被嘲笑。她的姑姑永远也不肯买稍微贵一点的洗发水,永远都是买超市最便宜的一大瓶,怎么用也用不完,她相信,就是那瓶洗发水让她头发疯狂出油,生长出无数像制雪机喷出来一样的头皮屑!

还好现在一切都过去了。此时傅薇生的长发在耳旁散发出栀子花的幽香,那是来自一瓶英国品牌的洗发水,花香馥郁却克制得高级,她不需要别人闻到,只要自己闻到就好。

今日是热浪剧社的迎新活动,傅薇生把头发扎成一个高高的马尾,选择头饰的时候犹豫了一下,挑了条串了玻璃彩珠的细橡皮筋。

玻璃彩珠在阳光下闪着五颜六色的光,她感觉到自己在众多注视下走进校园,得以用轻松愉悦的心情重新审视这座历史悠久的大学。夏季还未结束,南方艳阳下一切都充盈着流动的热气,周围树木与河流映衬出的颜色变得愈加饱满。

傅薇生来到醉梦溪驻足,不由得憧憬起在本部的日子,好像那些未来的所有期许也随着河里的水流一起,在阳光下闪着跳跃的光。醉梦溪上有一座桥,方便学生和车辆去山上的校区。她站在桥上远远望去,醉梦溪穿过河堤大片的草地,与其他的溪流一起汇入远处的城市。远处繁华的城市,楼房高耸,车水马龙,那才是傅薇生为之奋斗的所在。

总有一天,她傅薇生会在城市那边最高的楼上,透过那些闪耀的玻璃窗望向自己身处的这一边。

"等着吧! 会有这一天的,一定会!"傅薇生这样对自己说,也对全世界说。

当她转身准备离开时,恰好看见一个人也站在桥上,和她看向同样的方向,眼里同样充盈着远处的烟尘。那男生戴着大大的耳机,头发比起一般男生稍微长些,看不清他的样子,从侧面只看见高高的鼻梁耸起,眼角有些轻微下垂。也不知道他和她一起站在这里看了远处多久,傅薇生从他身边经过的时候,"喂"的一声,他叫住了她。

傅薇生停下,诧异地回头。

那男生转过头来对她说:"可以告诉我是什么牌子的香水吗?"

"什么?"

男生一手摘下大大的耳机,望着傅薇生:"你的香水是什么牌子的?"这句老土得要命的搭讪,竟然被他说得那么坦然。

傅薇生迅速地挤出了一个微笑,几个英文单词小声地从嘴里吐出,她以为男生没有听到,但那男生却皱皱眉。

"太浓了。"还没等傅薇生反应过来,他便又戴上耳机,目光也不知道飘去了哪里。

傅薇生见对方再没反应,只好鼓着一口气讪讪地转身走了。早听说了大学本部多自恋狂,看来的确不假。

二十分钟后,她得知这个男生名叫裴南阳。

To C：

敬启。

莎莎,你好,毕业以来好些年没有见面了,你还好吗?

听说你毕业之后离开了这座城市,你去了哪里呢?

我还听说,你和裴南阳在一起了。毕业之后我没有再见过裴南阳,关于他的事情,我也是听说的。你还记得剧社的文倩学姐吗? 前段时间我在酒店餐厅遇见她了,她穿着一整套西装裙,满面笑容,看起来就像个社会女精英。听说她现在在卖保险,好像做得还挺成功的。

但是那天,文倩学姐竟然告诉我,裴南阳去年年底在菲律宾去世了。

这是真的吗?

抱歉,我也不是想八卦探听什么消息,只是真的不知道该问谁,我去之前你工作过的学校图书馆问起你,图书馆说你离开那里之后,偶尔还远程帮图书馆做些翻译方面的工作。我看见你的社交帐号已经很久没有上线了,所以冒昧地用戏剧社的电邮联络你,希望你还会查看电邮吧。

如果说起裴南阳的死让你伤心了,实在抱歉。我也希望你能告诉我文倩学姐说的消息是假的。

无论如何,希望得到你的回信。

　　如果没有记错的话,裴南阳的生日是在6月,那么就快到了。我多么希望你们还幸福地在一起。

　　因为,我也很怀念他。

From Al

2018年5月29日

To AI:

雅桥你好，好久不见。想不到这个邮箱还有人在用。

很抱歉，是的，南阳去世了。去年年底，我和他在菲律宾宿务的小学教书的时候碰到了八级台风，他搭乘的小艇在海里翻了船，为了搭救学生，他自己不幸遇难。这件事发生后我没有太声张，是因为一来这些年大家都没有联络；二来以南阳的性格，他比较喜欢低调行事，所以也没有举办公开的葬礼。

也许你们会觉得是我把南阳过世的事隐瞒了，但我想说的是，我很了解他，这世界上没有人会比我更了解他，这样的结果对他来说未必是一件悲惨的事。

这么说你们会觉得很奇怪吧？其实从决定开始在国际义工组织任职之后，南阳他便全心全意地把所有都奉献给了世界上需要帮助的人，即使是献出生命也在所不惜。

这世界上，真的有人会为了别人牺牲自己的性命吗？我之前不相信，现在相信了。所以请不要再与其他人讨论他的死好吗？不要把这当成一件悲伤的事，拜托了！

你呢，你还好吗？还留在那座城市，还是去了另外的城市发展？有没有成为演员呢？我们那时可是很期待你的前途呢。

　　至于我呢，我以前是个需要安定的人，但自从和南阳在一起之后，我开始感到了旅行的乐趣。我决定和他一样，去世界不同的地方，完成他的心愿，这样他也会很开心吧。

　　所以，继续生活吧，不用为我担心。

　　祝生活愉快，工作顺利。

From C

2018 年 5 月 30 日

第三章
醉梦溪

今天起你独自生活，要多珍重，不要感晦暗。

· 5 ·

　　热浪剧社迎新活动，说是迎新，其实现场也不过几人，这是推门而入的傅薇生始料未及的。她以为有那么厉害的宣传单，一定能吸引很多人报名。可如今，偌大的排练室里只站着几个学长、学姐和几个尴尬的新生，大家都面面相觑。

　　"不等了，自我介绍一下吧。"文倩学姐依旧画着黑眼线，一脸厌世，似乎对眼前的情况见怪不怪。

　　"谢谢文倩，辛苦了。那么这两年大家就是一个团体，大家放心，如果再需要人手，我们会再搞招聘活动。"一个宅男模样的胖胖学长开了口，他戴着厚重的眼镜，眉毛粗粗的，看起来一副热血和事佬的样子。

　　"什么啦，根本是因为招不够人嘛。"有人小声嘀咕着。

　　"先自我介绍一下，我是这两年带领大家的学长，我叫毕然，在这个周年演出的项目里也会担任导演这个职位，其实我已经大学毕业了，现在在电视台做导演助理。"

　　此时，所有新生心中的OS（内心独白）恐怕都是："还以为是宣传单上随便一个厉害的人来做导演，没想到只是个电视台的小工作人员。"傅薇生有点后悔自己今天精心打扮,好像根本没必要,其他人都穿得十分随意。而且,就这么望过去,一个好看的女生也没有。

果然是学生剧社,她失望透了,和自己想象中的大人世界还是有区别的。

学长依旧在喋喋不休地自我介绍,但此时所有人的目光都已经开始打量身边的人,"既来之则安之,至少看看身边有没有有趣的异性吧",这是每一个加入大学社团的年轻人心里最质朴的动机。

此时,傅薇生突然看到对面站着那个面试时和她"对戏"的陈子谦,他还是一副没睡醒的样子,看起来像是被人逼着出现在这里。终于,学长自我介绍完了,陈子谦也在学姐威严的眼神示意下,不情不愿地站前一步。

"陈子谦,大三,艺术系。"说完就看回学姐,一副"可以了吧"的模样。

现场一片寂静,对于这么敷衍的自我介绍,大家都觉得很烂,心里奠定了"这就是一个耍帅的臭小子"的第一印象。

站在陈子谦身旁的矮个子女生打破了安静,她怯怯地对着大家鞠了个躬。

"我叫顾莎莎,大家叫我莎莎就好,这样比较好记,我读机械工程系,但我对舞台美术特别感兴趣,希望能成为优秀的美术指导,以后还请大家多多指教。"她说完话又鞠了一个躬,莎莎看起来很不起眼,特别是站在高大帅气的陈子谦身边。

一时间,傅薇生脑海中又浮现出当年的自己。当年瘦瘦小小的她被同学们赶去坐在教室的最后一排,因为所有人都怕坐在她后面,大概是怕会沾到她的头皮屑。整个高中阶段,每一次,当老师提问她,她也是这样怯生生地站起来,怯生生地鞠躬。

"大家好,我叫裴南阳。计算机专业,但我希望能做和音乐相关的工作。"

回忆被这句话打断,傅薇生突然发现,站在对面的那个脖子上挂着大大耳机的人,就是刚刚在桥上问自己香水品牌的男生。那男生朝她的方向看了一眼,似乎也没有什么特别的反应。

裴南阳,原来是同一个社团啊,傅薇生心想,剧社果然多怪人。

"唉,听说当时你的志愿可是填了演员,为什么不试试去做公演的演员呢? 很好玩的。"学长慈眉善目地对那男生循循善诱。

"我没有啊。"那个叫裴南阳的男生一脸茫然。

"是我帮他填的啦。"倚着镜子的文倩学姐慢悠悠地说，"男演员不够，帮帮忙嘛。"她挑了挑眉："不然我们美女太多，男女分配不均。"

裴南阳没说话，默默把身子靠在椅子上。

"既然那么喜欢做音乐，为什么不去吉他社?"学长笑嘻嘻地主动开口问，裴南阳望向他，那双下垂眼冷冷淡淡，又有一丝楚楚可怜。"因为臭。"裴南阳说。

"哈?"文倩忍不住脱口而出。

"理解理解，以前我也在吉他社待过，房间小，男生又多，个个下课后一身汗跑来弹吉他，味道是挺大的。"学长笑眯眯地帮裴南阳解释，可大家完全没有给任何反应。"对了，学妹你也介绍一下自己吧。"学长转头笑眯眯地看着傅薇生。真是很令人讨厌的笑脸啊，和她高中的班主任一模一样，自以为笑嘻嘻地鼓励几句就能把问题解决。"要加油啊，傅薇生同学!""别人不是恶意，你别太敏感了，知道吗?""越是没有自信，越要勇敢一点举手回答问题啊!"……这样无用的鼓励话语，真的令人烦透了!

一直以来，只有看着杂志或电视里那些漂亮的女演员，傅薇生才觉得自己可以稍微从现实中逃避开来，脑海中想象着未来的样子，那是她唯一快乐的时刻。

"大家好……"

她努力提醒自己，现在已经不是中学了，她已经不是以前的自己了。一切都过去了，那些讨厌的头皮屑、女厕、垃圾桶、粉笔碎、裁纸刀……一切都过去了。傅薇生挤出一个亲和力十足的笑容。

"我叫傅薇生，薇是蔷薇的薇，生是生命的生，我一直很喜欢戏剧……"

"听说你以前是高中剧社的，对吗？"学长问。

"是的，虽然有幸参演过学校的演出，但我的经验还是很匮乏，希望和大家一起努力。"傅薇生脸上挂着很得体的灿烂笑容，这是她对着镜子练习了无数次的笑容。

再见，中学时代的傅薇生！再见，在大学"初级部"里默默无闻、每日只是努力打工赚取生活费的傅薇生，再见了！

"不好意思……"一个女声打断了傅薇生的自我介绍——当那人走进来时，下午的阳光也洒了进来。

阳光下她的栗色长发氤氲着一团暖色。她的瞳仁也是琥珀色的，狭长的眼睛深邃如渊，身着普通白T恤，也仿佛散发着耀眼的光芒。夏天，燠热本身就令人生乏，尤其是这个时刻，这个瞬间。傅薇生有些睁不开眼睛，总觉得这突然出现的女生有些眼熟。

"没事没事,我们在自我介绍,你是?"学长先开了口。

"陶雅桥,大家好。"她礼貌地朝着大家微微鞠躬,抬起头时,那琥珀色瞳仁像是带了什么魔法,让人看到会忍不住发呆,久久不知如何回应。她的发梢显露出微微汗湿,她拿起一把纸叠的扇子,为自己扇风。

就是这把折纸扇扇出的风让傅薇生一阵晕眩,她记起来了。

陶雅桥是她高中隔壁班的同学,那时的她,也是披着一头栗色长发,一边用纸折扇扇着风,一边走过他们班。每一次她走过,都会引来班上男生张望。她太耀眼,从小耀眼到现在。

傅薇生不会忘记,当年就是这样看着陶雅桥从窗外经过,幻想着自己也能拥有和她一样的长发,一样的白色连身裙,一样小巧的兔子耳钉。

而现在,她只想把自己耳朵上的那对傻乎乎的兔子耳钉连皮带肉拽下来。当年因为这个执念,她买了无数对兔子耳钉,怎么戴也戴不完。

下一刻,傅薇生的晕眩愈发强烈。

"之前有表演经验吗?"文倩学姐问陶雅桥。

"算是有吧,我以前加入过高中剧社……"陶雅桥继续拨弄着那个被折成扇子的本子,用力扇风,"真热啊。"

"那个,我们已经向学校申请在排练室装空调,很快就能有冷气了。"学长忙安慰大家。

傅薇生的心跳迅速加快,越来越快,几乎要跳到胸腔以外……

陶雅桥,她才是在高中剧社里演朱丽叶的那个。

傅薇生记得那场表演非常精彩,甚至让她泪流满面。她才是真正的朱丽叶,真正的女主角。甚至直到中学毕业两年后的现在,她傅薇生自己还只是一个不停复制着陶雅桥的、爱说谎的、拙劣伪造品,她的发型、衣服、小动作……傅薇生在那些最绝望的日子里一遍又一遍地学习着,终于通过努力,在进入大学之后一一实现。现在却又要面对那个近乎完美的本体。为什么?

不能让她再说下去了!

一阵强烈的昏眩袭来,傅薇生突然像断线的木偶般倒下。随着惊呼、手忙脚乱,学长一把抱起她冲出排练室。

阳光太灼热,光线不断涌入瞳孔,刺痛。

傅薇生感觉自己的身体像被注入了什么东西。睁开眼,是9月依旧灼目的烈日。闭上眼,是光明残留在角膜的白色印记。

那是一切的开始。

莎莎：

敬启。

收到你的回信我很开心，真的很开心。我也没想到这个邮箱还有人在用，而且刚好是你。

其实我在毕业之后，时不时都会登录进来看一看，看看大家有没有留下什么只言片语。可惜总是一片空白，哪怕是一句怀念的话、一句问候都没有。薇生死后是如此，裴南阳死后也是如此。

还好你回应我了。

知道吗？和你通信的某一瞬间，我觉得自己好像在和裴南阳说话一样，非常亲切。确实，一直以来我不是一个很善于社交的人，我似乎没有办法自然地和人相处，谢谢你们当时总是包容我。

至于你问我有没有继续做演员，没有，抱歉，我一毕业就放弃了这个愿望。

毕业十年了，大家现在都在干什么呢？文倩在做保险，你和裴南阳去了国外的慈善组织做义工。还有陈子谦，听说他还在娱乐圈，传言他去年已经结婚了。导演学长不知道去了哪里，听说早就从电视台辞职了。

而我，却一事无成。

说这些你也许没有兴趣吧？我想，经过"那件事"，我们都不可避免地戴着枷锁生活着……对吧？其实我一直很想找你们中的任何一个人说说话，即便只是些无关紧要的问候或是废话也好，只是说些今天吃了什么、工作如何也好。

对不起，其实我真的真的很想和你聊聊裴南阳。放心，我不是因为他离去而感伤地想说些什么来怀念，单纯的只是因为，我也喜欢过他。

抱歉，现在这么讲大概有些矫情，既然喜欢他，为什么大学毕业后都不联络……不，经过了"那件事"，我们可能都认为，不联络热浪剧社的每一个人才是最快的遗忘方式。只是没想到，毕业之后，大家分道扬镳，最后竟然是你和他在一起了。

那时候我表现出了对裴南阳的好感，希望你不要介意。那时候虽然你什么也没说，但后来我慢慢意识到，你是喜欢裴南阳的吧。虽然你选择不说出来，这就是你的性格。莎莎，你什么也不肯说出来。

记得吗？我们的剧本里出现过的那首歌词，"离开这世上我最爱的人，从此不必挂念我，今天起你独自生活，要多珍重，不要感晦暗"。那是一首罗文的粤语老歌，叫

《留给这世上我最爱的人》，当时毕然学长把这首歌放在了《吉赛尔》里，文倩学姐还嫌老土反对呢。

但是，时至今日我依然记得裴南阳在"水木月"里唱这首歌的样子，他唱得真的很好听。

而这句歌词，也是我想对你说的话。

独自生活，要多珍重，不要感晦暗，知道吗？

如果可以的话，能和我说说你们的故事吗？希望你不要多想，我只是想知道在毕业之后，裴南阳到底经历了什么。

请满足我这个小小的愿望，这对我来说很重要。

感谢你！

祝生活愉快！

陶雅桥

2018年6月3日

雅桥：

抱歉。

两个星期没有回你的邮件，是因为我之前在法国和德国边界的小村子里，那里没有网络，现在我回到法兰克福才收到邮件。

其实毕业以后我也没和大家联系，谢谢你告诉我他们的去向。你说你没有继续做演员，真的让人觉得有点可惜啊。不过相信你也找到了你喜欢的工作，毕竟毕业已经十年，我们每一个人都已经渐渐走上人生的正轨了吧。

至于南阳，其实你不用担心我会难过。当然，事情发生之后，刚开始我是很伤心，可毕竟也过去一段时间了，我如今在一个没有人认识的地方，正在慢慢把过去放下。这种放下，我希望是彻底地接受这个事实，而不是不能提起，一提起就会心痛的那种。

所以，如你所愿，就让我好好说一说他吧，就当是练习放下。

是的，在大学时期我就喜欢裴南阳，一直以来隐瞒了你们实在抱歉。说实话，在发生"那件事"之前，我是打算把喜欢他这个秘密永远埋在心里。那时，你和傅薇生都那么漂亮，我觉得自己根本配不上他，说出来只是自取其辱而已。

然后,在发生了"那件事"之后,我们陆陆续续被老师和警察约谈,我还记得大家那日从警察局出来,分别时站在马路对面。那时候大家什么也没有说,从那一刻起,大家好像一起守着一个痛苦的秘密。就是在这样压抑的气氛下,我突然觉得我心里的东西已经满了,够了,必须倒一些东西出来,要不然,我会难受死的。

在这样的心情下,我决定立刻向裴南阳表白。即使失败也没关系,再不说出来,我会受不了的。让我意外的是,他也没有拒绝我,那天晚上我们喝多了,然后睡在了一起。

其实那晚什么也没有发生,我们抱着抱着就一直睡到清晨。第二天,裴南阳告诉我他要去尼泊尔做义工的决定,顺便寻找音乐灵感,然后他离开了。

再见到他已经是五年之后。

其实我不怪他,甚至很感激他。我不知道你会不会懂,这五年以来我一直回味着那个持续了一整晚的拥抱,在发生了"那件事"之后,只有他能够拥抱我,我也只会拥抱他,因为我们都守着痛苦的回忆。所以,任何其他人的拥抱对我们来说,都是危险的,你懂吗?

我相信你懂这种感觉,对吧? 毕竟傅薇生的死,和你也有关系不是吗?

大学毕业后,我一直在学校图书馆做管理员,哪里也没去。我每天上班下班,从来不去主动认识任何人,我知道自己在等他。直到五年后的某一天,他突然打电话说回了中国,有事要和我说。

那天晚上我们又抱在了一起,他和我道歉,说自己惯于逃避,因为不知道在这个城市能获得什么样的未来,他没有信心继续自己的道路,所以才去了尼泊尔。那五年在异国做出来的音乐陆陆续续寄给了一些国内唱片公司,但毫无回应,他说他明白了自己其实根本没有足够的才华。他说他会再走,不会留下了,叫我不要等他。

但我不打算再放他走,我连夜买了机票和他一起去尼泊尔。至于图书馆的工作,我是到加德满都机场之后用电邮向学校辞职的。

我们在加德满都待了四年,那是我最快乐的时光。在那儿,生活条件虽然艰苦,但我们教书的小学到了下午两点就放学,之后我们去帮忙整理孤儿院的宿舍。有时我陪着孩子们做功课,他帮厨房采购晚餐的食材;有时他陪着孩子们玩,我去收洗好的被单。

加德满都不时会有些来自中国的志愿者,他们有的待一两个星期,有的待一个月,可长留在那里的只有我和裴南阳。在难得的放假时间,我们会开车去附近的湖泊小镇,在那里能看见雪山。雅桥,你知道吗?那些壮丽的风景让我们暂时忘记了很多事情,我们明白了生活在当下才是最快乐的。

　　我希望你也明白这个道理。

　　四年之后,因为南阳父亲生病我们回了中国。再后来,我们又发生了一些事,裴南阳独自去了菲律宾,等我找到他没多久,他就出事了。

　　其实我和裴南阳之间,好像一直在玩一个游戏,他逃,我来找。现在他不用逃了,我也不用找了,我带着他去每一个曾说过想要游历的地方,吃每一种他喜欢的食物,我觉得,我们永远在一起了。

　　因此,放不放下又有什么关系呢?你说是吧?陶雅桥。

　　你真的是陶雅桥吗?有一瞬间我不太敢相信,在我们眼中的陶雅桥一直清高孤傲,因为什么都有了,所以不需要争抢。但为什么你说你喜欢过裴南阳,却不告诉他呢?又为什么直到裴南阳死后,你会突然在意我和裴南

阳在一起了呢？又为什么要和我联络呢？这是我不解的
地方。

　　无论你是谁，祝你工作顺利，生活愉快。

莎莎

2018年6月24日

第四章

细烟

她觉得自己渺小,那么点小梦想和小心思在远大前程面前,都不算什么。

· 6 ·

　　经过迎新之夜"大声念出梦想"的活动后,剧社有一段时间没有开例会,据说学长正在忙电视台的一档节目,要跟完节目才能继续主持剧社的活动。文倩学姐倒是不停发些支持学长的话语,在她的社交平台上还放着一张和电视台工作人员的合影。

　　众人也在各自忙着选修、退修不同课程,傅薇生所在的传播学院位于半山腰位置,每次经过醉梦溪,她都忍不住多看几眼桥边有没有那个奇怪的戴着大耳机的剧社男生。但奇怪的是,即使是同一个社团的同学,若是分散在学校不同地方,想碰上面也是难上加难。

　　有几次路过桥,傅薇生往下看了一眼,就看见裴南阳坐在河边古希腊剧场的阶梯上听着歌,旁边坐着陶雅桥,正在读着某本小书。

　　他们怎么熟络的? 傅薇生脑海里涌现出一万个问号。

　　看来读艺术的果然懂得社交,心里尽管有些失落,但傅薇生觉得是意料之中的事,她是有点怕陶雅桥,有时甚至觉得离越远越好。此时在桥上,抬头就能看见远处烟尘中的城市。她觉得自己渺小,那么点梦想和小心思在远大前程面前,都不算什么。

什么时候,才能像这细细的溪流一样,流到城市,壮大声势呢? 从父亲也丢下她的那天开始,她便有了这个想法。现在她决定不想太多,只专心烦恼自己的事情,比如眼下最棘手的是,下个月房租怎么办。

"什么? 毕业演出要我们自己写剧本? 怎么那么麻烦?!"陈子谦抓着头发,发出哀号。

难得放假回学校的学长一脸疲惫,却仍然强打精神地展露活力,"是啊,往年剧社都爱演莎士比亚,不然就是经典剧目,大家也看烦了。所以我和文倩商量今年打算以集体创作的新剧本进行表演。"

"但也要有个底稿吧?"

"我当然会帮大家,不过电视台的工作确实挺忙的,主要的编撰和整理工作就交给文倩吧,文倩可是拿过文学奖的哟。"

文倩微微一笑,显得非常乖巧配合。

虽然在讨论会上,大家各有态度。文倩一直否定大家的提议,陈子谦从头到尾都没什么好脸色,莎莎只埋头安静地用电脑记录,只有裴南阳很配合地一直丢一些乱七八糟的主题出来,傅薇生对内容进行补充,最终形成几个值得继续探讨的提案。

这天开会陶雅桥又迟到了,她一脸无奈地说,她今天发现自己晾在女生宿舍天台的内衣被偷了。几乎每次迟到她都会给自己找各种各样的理由,这次也不例外,当然这个理由让大家都很无语。"果然是只有在美女身上才会发生的事啊。"陈子谦语带嘲讽。

"是真的!"陶雅桥白了陈子谦一眼,"薇生,你有没有?我怀疑我们学校有变态。"

傅薇生默默地摇摇头,她一直在观察陶雅桥有没有认出自己。但此时,陶雅桥却直直朝着傅薇生走过来。

"对了!"陶雅桥从书包里掏出一封信,递给傅薇生,"你的信。"

"啊?"收件人真的是傅薇生的名字,大概是银行的客户资料信吧。

"我的信怎么……"

陶雅桥耸耸肩:"我们宿舍层的信箱里收到的,我记得你好像也是这个社团的,所以顺路拿过来。"

"啊,谢谢!"傅薇生突然醒悟,之前还没找好出租屋,为了开学校里的银行账户就胡乱填了个女生宿舍的地址,当时想着有可能还是住宿舍,没想到很快就找到了价格合适的房子,也就把这事忘了。

"不用。"陶雅桥似乎没有认出傅薇生,只是对她点点头,就找了个角落坐下。

"要不这样,"学长尝试把话题拉回正轨,"我觉得咱们可以有两个女主角,好像《黑天鹅》一样,薇生和雅桥都各有特色,可以一个演正派,一个演反派。"

大家都在心里默默吐槽:好老土的提议。

"我无所谓。"傅薇生主动说,陶雅桥配合地点点头,假装有兴趣的样子,用随手叠出来的纸扇子继续朝自己扇着风,她脸色虽然很苍白,但总是很怕热。

最后反正什么也没讨论出来,莎莎还是默默地把详细的会议记录打印出来,分给大家。

"这样吧,我们开一个新邮箱,大家都有密码,有什么新的想法或是资料要分享就发在邮箱里,如果要单独发给谁看,就直接写"No forward",不过其他人也可以看就是啦。"文倩又加了一句,"这是剧社历年的传统。"

大家没有意见,于是文倩吩咐裴南阳申请邮箱:"大家都要有个代号,这样互相传递资料比较方便。"

"毕然是 D,Director(导演)。我是 S,是编剧。"文倩说。

"那我负责美术,我是 A?"莎莎说。

"A 是演员,你是 C,Costume(服装设计),先写 C1,因为之后可能需要有新人帮忙,再 C2、C3 类推下去。"

"好的。"莎莎乖乖点头。

其他人面面相觑,文倩再次发号施令:"其他人,还没设定角色,就暂且都是 A 吧,Actor(演员),以后设定了角色再分数字,这样我就会直接把一些关于表演的视频教学发给所有 A,你们可以经常上来看看。"

众人茫然点点头。

"那我是 M,我做音乐。"裴南阳沉默许久,最后还是举手。

"那我们岂不是 SM 组合?"文倩冷冷地说了一句冷笑话,没人笑。

"大家有什么 idea(想法)就积极地放上来啊,其他人也可以直接在下面留言发表意见,千万别荒废了啊。"学长拍了拍手,鼓励似的说,"那我们继续讨论吧!"

众人沉默,天色渐暗,个个肚子都咕咕叫。

"不然先……一起吃个饭?"没想到,是最沉默的莎莎把大家心里所想说了出来。

"好啊!"众人相继附和。

"好吧。"学长很快说,"我刚好有些电视台派发的KTV房间优惠券,我们可以一起去唱歌吃饭,顺便再做做头脑风暴。"

众人心里都暗暗骂了句脏话,但也不好意思反对。

没想到,在KTV里大家"头脑风暴"到一半,门开了,走进来两个中年男子,学长毕恭毕敬地叫他们"导演"。向众人解释说电视台一起工作的同事刚好在附近,就叫来一起唱歌认识一下。

文情看起来有些坐立不安,陈子谦倒是很会做事,哥前哥后地叫着。两个导演似乎认出了陈子谦是某位演员的亲戚,态度甚是亲昵,陈子谦让开了座,把两个导演往沙发里面塞。陶雅桥和傅薇生还没来得及反应,两个中年导演一左一右拉着陶雅桥和傅薇生合唱。

陶雅桥的脸臭得可以,有个导演给她递了一盘杧果,她皱眉推开了。"这里的杧果很甜的。"那人说。"我过敏。"陶雅桥脸更臭了。

话筒又不知怎的传到傅薇生手上,她只好硬着头皮和其中一个导演合唱了首《屋顶》,好几次高音上不去,只能尴尬地陪笑。不过就冲她这态度,电视台导演们还是很受落[1],纷纷夸她漂亮性格好适合混这个圈子。很快,傅薇生的电话号码就被抄走了。

麦克风又被递到陶雅桥面前,陶雅桥埋头喝着可乐,没理人。前奏响起来了她还是一声不吭,眼看场面有点尴尬,裴南阳拿过麦克风便唱了起来。

裴南阳的声音很好听,一首女生的歌也被他唱得颇有几分深情,女生们偷偷瞄了眼裴南阳,都觉得这男生做得可以。

突然文倩大声地说要去厕所,又问陶雅桥和傅薇生要不要一起去,傅薇生踟蹰着,学长已一把将她往门口推。

走出 KTV,文倩点了根烟,立马骂了一句:"什么乱七八糟的人,叫我们来陪唱?"

陶雅桥也默默从衣袋里拿出一盒烟,她的烟是细细长长的,滤嘴还镶着一圈粉红和金色的滤纸。她向文倩借了打火机,然后悄然无声地吸了一口,袅袅烟雾从嘴里吐了出来。

文倩接着骂:"为了自己升职,什么破事都做。"

---

[1] 受落:粤语中的俚语,泛指对他人所做的事情乐意接受,某件事情的发展符合自己的要求。——编辑注

为了安慰大家,文倩带了大家了去学校附近巷子里的日式酒吧"水木月",这家小店消费低廉,装修虽然不伦不类,但已经是学生街最有格调的地方了。

　　"点壶清酒吧,我请。"文倩说。四个女生围炉而坐,一壶清酒一点一点地喝,生怕喝完了却还没聊起天来,毕竟是要一起相处到毕业的同伴,总要互相搞好关系吧。文倩像大姐似的叫来老板娘:"我们有个团员在这儿打几份工呢,给打个折吧!"

　　"好嘞!"老板娘嘴上答应着。不愧是做学生生意的店,深谙打点小折就能招来学生聚会之道。

　　"团员? 哪个团员啊?"傅薇生问。

　　"不是学校说过不能打工吗?"莎莎也问。

　　"是男生啦。"大家要再追问,文倩也只是笑笑不说话。"对了,我们剧社的男生,你们觉得哪个比较好?"文倩转移话题。

　　傅薇生立刻接话:"我觉得裴南阳挺好的,雅桥,你觉得呢?"

　　傅薇生希望自己看起来尽量活跃一点,她总是很担心冷场,她曾经做过心理测验,这叫"讨好型人格",记得那个心理测试这样写:"讨好型人格"的人内心边界不强,不懂得说不,这种人容易看起来成功,内心却非常痛苦。傅薇生反正觉得只要能让大家都开心就行,她不太赞同测试结果。

说起裴南阳,陶雅桥想了想,最后不置可否地点点头,表示同意。

"是吧?看来我们品位相似哟,虽然有时候我觉得那个裴南阳怪怪的,天天戴个大耳机,好像总是活在自己的世界里,怪人一个。"傅薇生热切地说着,"学姐你呢?"

文倩叼着一串烤鹌鹑蛋大口地吃着,她喝得最多,因此脸上红扑扑的。"嗯,看起来很难相处,估计心思不在学校里,外面有太多事情要做。"她一脸讳莫如深。

"那陈子谦呢?"莎莎问。

"陈子谦嘛,根本不用愁前途啊,他家在演艺圈有关系,他表姐就是演员呢。"傅薇生想起了面试那日那个假脸假笑的女演员。

"剧社还有几个老油条,基本上就是为了拿学分,平时都不来的。"文倩一口把小杯子里的酒喝完,"哎,别的社团个个成双入对,你们也要加油啊,少女们!"

"文倩学姐,我听别的学姐说你有男朋友啦。"大概是喝了点酒,陶雅桥少有地八卦起来。

"听谁说的啦。"文倩一愣又举手叫了一壶酒。

"真的吗？是谁？我们认识吗？"傅薇生好奇地问。

文倩看着杯子里的酒，悠悠说："他啊，你们不认识啦。"

"在我们学校吗？"傅薇生又问。文倩笑着摇摇头。

"哎呀……他在国外念书啦！"文倩最后被傅薇生追问烦了，这样敷衍她。

"我听说裴南阳也打算毕业后出国读音乐。"莎莎突然没头没脑地来了一句。

傅薇生摇了摇头："太贵了，其实出国读书也没有什么用，现在社会经验比学历重要。"

"雅桥呢？你会去国外念书吗？"陶雅桥一愣，点点头。

"真羡慕！"莎莎大声说。

"其实比起读书，我更想一个人去旅行。"陶雅桥转了转手中的酒杯。

"一个人旅行不闷吗？"傅薇生问。

"不会啊，一个人待着自由自在，想去哪儿都可以。"陶雅桥低头喝光了杯子里的酒。

"我可能会更喜欢有人陪我一起旅行。真羡慕文倩学姐啊，有个男朋友在外国，可以一起到处去玩。"薇生讨好地说。

"莎莎呢？你有喜欢的人吗？"文倩大概不太想聊自己，于是转头问莎莎。

"我觉得大家都挺好的……"

"现在问你有没有喜欢的人啦,又没有问你选谁。"文倩笑着说。莎莎的脸一下子通红:"……一定要说吗?"

"当然要啊,以后我们就是一个团队,在一起两年,当然要无话不说咯。"薇生大声说。

莎莎只好腼腆地低声回答:"我是觉得裴南阳也不错啦……"

"怎么办?你们三个现在都喜欢裴南阳,怎么分啊?"文倩学姐大声笑了起来。

"我可以让给雅桥。"傅薇生率先表态。"我也可以!"莎莎赶快说。陶雅桥只是笑了笑。

"你们两个长得那么像,我都不知道怎么选,哈哈哈!"文倩喝得微醺,指着陶雅桥和傅薇生笑了起来。

"这么看来,两人确实挺像的,头发都长长的……脸好小,皮肤好,又瘦。"莎莎一脸艳羡地说。

傅薇生简直尴尬到要钻到桌子底下去了。像?哪里像,根本是一个高级百货公司的瓷娃娃,一个就是义乌批发货吧。她心想。

喝完两壶酒,四个女生的感情似乎增进不少。走出店门时发现已经凌晨1点多了,互道晚安之后便分道扬镳。"回去记得发短信报平安。"文倩醉醺醺地叮嘱。

文倩和莎莎是本地人,今晚回家住。和另外两个女生不同路,傅薇生的出租屋在大学宿舍附近,于是和陶雅桥同路回家。

在路上陶雅桥拿出烟来抽,她的手脚都纤细,在夜色里更加好看。路灯照着她的栗色长卷发,让她全身上下都散发出一层暖暖的光晕。烟雾从嘴里吐出,慢慢地稀薄,再融入黑暗,她像一位在云里雾里迷途的仙子。

"唉,雅桥。"

陶雅桥回身看着傅薇生。

"你会觉得寂寞吗?"傅薇生在陶雅桥身后问。

"不会啊,怎么了?"陶雅桥又低下头看着手机,淡淡地回答。

"没什么,只是感觉在大学里,看起来每天和同学们一起上课,但下了课的生活毫不相干,大家除了做小组功课,好像也没有什么理由聚在一起。大概是因为这样,才会有社团学分这种东西吧。"傅薇生说。

"嗯。"陶雅桥淡淡地回答。

"有时候觉得这种制度挺不合理的,逼着一群人在一起度过两年,即使不喜欢同社团的人,为了修完学分也得忍着,去一起做一件事情,本来是培养兴趣,结果可能一辈子也不会想做这件事情了,你说对吧?"傅薇生继续说。

"要是无聊,有很多事情可以做。"陶雅桥在前面说。

傅薇生开心地走到陶雅桥前面,倒退着说着话:"其实我觉得你和陈子谦很配啊。"

陶雅桥没说话。

"他也挺帅的,你们在一起真的郎才女貌呢,"傅薇生尽量让自己的讨好看起来友善而雀跃,"真的!"

陶雅桥停了下来,抬头看着傅薇生,嘴边仿佛带着一丝若有若无的嘲笑。

"他是我高中时候的男友,那时候是 puppy love(初恋),我们已经分手了。"陶雅桥把还剩一大截的烟头踩灭在脚下。

"啊? 真的吗? 我怎么不记得?"傅薇生冲口而出,但一说出口就后悔了,她不能让陶雅桥知道自己和她是同一个高中,那个丑陋卑微的自己,绝对不行!

当傅薇生还在天人交战时,陶雅桥已经拿出了一瓶小小的喷雾,熟练地用力喷在空气里,当她整个人沐浴在那些细密的水珠中时,一股浓烈的玫瑰花香蔓延开来。

此时,一辆黑色奔驰从夜色中驶来,停在了路边,陶雅桥回头对着傅薇生笑了笑。

"没关系,明天见,傅薇生同学。"陶雅桥坐在奔驰后座,只留下那股花香氤氲在剩下的空间里,慢慢地,包围住留在原地的傅薇生,像某种让人窒息的天罗地网。她突然明白陶雅桥喷香水是为了遮掩烟酒的味道,而陶雅桥的熟练从容淡定,则让她愈发紧张。

傅薇生低头看着地面,那一节被陶雅桥踩灭的烟头就在面前,优美纤细的,就像一节手指。

她越来越搞不懂陶雅桥了,既然有车子来接她回家,又为什么要假装和自己顺路回宿舍,难道就是为了羞辱她吗?

还有那句"没关系"是什么意思? 难道她已经认出了自己?

真是糟糕透了,这一切都糟糕透了。

第五章

芭蕾舞步

　　她散开的栗色长发在空气中与阳光纠缠、跳跃着，像是金黄色的旋涡，给所有人释放魔法，并把所有一切吸入她的周遭。

莎莎：

请你不要误会。我再次强调，我并没有因为你毕业之后和裴南阳在一起而嫉妒。

是的，要说耿耿于怀，肯定有的。在你们面前，我一直没有机会表达内心感受，但那并不代表我是一个没有感情的人。

我喜欢过裴南阳，非常非常喜欢。

从什么时候开始呢？大概是从第一次看见他弹钢琴时开始的吧。我喜欢他，不是因为他弹得有多么好，而是因为他很投入，投入得好像全世界都不存在似的。

你记得吗？后来有一次文倩学姐又带我们去了"水木月"，到了晚上12点，突然有个人抱着把吉他就开始在角落唱歌。那人就是裴南阳，原来他就是在那儿偷偷兼职的学生。

那天晚上他唱了那首《留给这世上我最爱的人》，这是我第一次听那首歌，正在唱歌的他很棒，可那不是最打动我的。

你还记得排练室的角落有一架沾满灰尘的钢琴吗？那是不知哪一届毕业班留下的"遗物"，年久失修，学校又没有给钱换新的，因此大家排练的时候宁愿用播放器来播音乐，也从没有人碰过那架脏兮兮的"古董"。

就是那一天，我记得是星期二，我因为弄丢了练舞鞋所以回排练室找，在洒满黄昏光线的房间里，我看见裴南阳独自在角落弹那架钢琴，灰尘在他的身边飞舞，光线一点一点移动，直至夜幕降临。

整整几个小时，他完完全全沉浸在音乐的世界里，我也沉浸在那个世界中。

他的投入不是为了任何形式的表演，所以我没有打扰他。大概因为刚好那天下午他在这栋教学楼有课吧，此后每个星期二的黄昏，裴南阳都会来这里弹钢琴，而我常常偷偷躲在走廊角落听他弹琴。我必须承认，那是整个大学生活最快乐的时光。

那时候我很忙，所有空闲时间都被安排满了，中学时是去各种补习班、兴趣班，大学时就是参加各种组织的培训、工作坊、公司实习，我妈已经给我制订了毕业之后去美国读哪所大学的研究生，读什么专业，去哪里实习的全部计划。那些听起来很好，但都不是我想要的。

所以当我看到有人竟然如此投入去弹奏一首没有人听的曲子，我相信了这世界上总有人在安静地追求艺术，而不是把它当成追逐名利的工具。

即使是一架老旧落满灰尘的钢琴，也能弹出最优美的旋律。

不过，都过去那么久了，你一定比我更加懂得裴南阳吧。毕竟我再想念他，他也只是我大学时期的一个回忆而已，而我们能做的，也只有让他的人生轨迹有可能蔓延得更长……

或者说，我也想为他做些什么。莎莎，你有他生前创作的音乐吗？如果有的话，可否寄给我？我想找些音乐界的朋友，看看他们能不能帮上忙，也许能让更多人听到他创作的音乐。

当然，我还是要尊重你的意见。毕竟既然他那么有才华，为什么大学毕业后却要选择流浪异国？也许是他对现实世界失望过吧。

虽然我不知道到底发生了什么，但我猜，他毕业后选择去参加国际义工组织，应该在现实世界里遭受到或多或少的打击才会选择放弃自己的才华和大好前程，逃跑去那些偏僻荒凉的地方教书。

这么说可能冒犯他了，但我还是要说他的行为是"逃避"……如果不离开这座城市，如果肯忍耐最开始的辛苦、从练习生做起，也许现在毕业十年之后，他已经在真正擅长的领域占有一席之地,而不是死在异国他乡。

大概你会觉得我对死者的评价太过刻薄。但我必须说出来,因为这是我心里一直以来藏着的心结。

莎莎,接下来我必须向你袒露一个事实。

你还记得,在公演前那日,我们毕业演出的服装和录好的CD在排练室失踪的事情吗?当时你们都怀疑我因为受伤不能公演,由傅薇生顶替我成为女主角,进而心生不忿,所以才故意把演出需要的用品偷走,想让公演不成。

也许在你们眼中,我什么都比傅薇生强,怎么能忍受傅薇生最后抢了我的角色,成为毕业生中最受瞩目的那个人。是因为这样,你们一直怀疑我,对吗?

关于傅薇生的死,你们都怀疑过我。

毕业之后我躲起来不出现,绝不是因为我杀了人害怕被捉,而是有其他迫不得已的原因。

但我要说的是,毕业公演前其实发生了很多事,但这些事都被傅薇生的死这件事所掩盖了,所有人都忘记了,就比如演出CD和服装失踪事件。

演出的CD,灌录了裴南阳的精心制作的配乐,而演出的服装,唯独不见了女主角的那一件,那也是作为服装设计师的你的心血。

发现CD和服装失踪后，莎莎你说你会立刻去找一件类似的成衣，尽量改造成之前的样子，但因为时间很赶，效果也肯定不会那么华丽。毕然也自掏腰包立刻找人来修理了排练室的钢琴，让裴南阳现场伴奏，是这样决定的吧？所以，如果没有发生傅薇生自杀事件，CD和服装失踪只是一件小事，公演还是会继续的，对吧？

所以，我的目的根本并不是要毁掉公演，相反，我希望公演顺利进行，但是是以我想要的方式进行。

好吧，我得承认，那张音乐CD是我偷的。

至于为什么要偷，绝对不是你们想的原因。而是因为我想要裴南阳现场弹奏音乐，我想让他成为毕业演出中最瞩目的人。而我也知道他做得到，只是欠缺一点勇气。

何况妈妈告诉过我，那天毕业公演，会有好几个影视和音乐公司的老板来现场观看，如果裴南阳的才华被他们亲眼看到，他一定会得到一份和音乐相关的工作。

这是我表达"喜欢他"的方式，不是用嘴说，而是真实地做些什么去帮助他，并且不要求他知道。但是，早知道你会和裴南阳在一起，早知如此，我一定会直接说出来，说不定一切都会有所不同。说不定裴南阳早就找到喜爱的工作,也就不会死在菲律宾的飓风中了。

同时,我想再次重申,傅薇生的死不关我的事。

而且我保证,那件凝结着你心血的华丽服装,也不是我偷的。也许有另一个人,对傅薇生也心怀不满吧。

最痛恨傅薇生的人,是谁呢?

是你吗?莎莎。

亲手毁掉自己精心制作的服装,那个人是你自己吧?

也许压根不关傅薇生的事,无论由她或是我来演女主角,都会出现一样的事,对吧?你只是不想让裴南阳的目光,放在其他女生身上,你只是不想看到他为其他的女生写出那么好听的歌。

真正想要毁掉公演的人,是看起来最柔弱的你。

雅桥

2018年6月25日

· 7 ·

这个月生活费剩下不多了。

自从搬去了出租屋,房租比起住学校宿舍翻了五倍。傅薇生现在有点后悔当时义无反顾退了宿舍选择外住。然而,能够拥有独立空间是让她无法抗拒的诱惑。

之前和姑姑同房,姑父回来了,就要和姑姑的儿子同房,上铺那个小布帘根本遮不住她换衣服,表弟打游戏死也不肯出房间,她便只能盖着被子在被子里换。夏天不到33摄氏度姑姑根本不让开空调,每次换完衣服都一身汗,也不能去冲凉,姑姑要省水,规定一周只能冲一次澡。

第一天搬进现在这间小小出租屋,傅薇生开心得睡不着,她跪在地上一点一点用抹布擦地板、擦浴室、擦窗台。她后来躺在木地板上睡着了,梦里有只小强蹦蹦跳,惊醒之后发现两腿之间真的有只小强。

尽管如此,她还是宁愿一个人住。睡不着的时候,她就从床上爬起来擦地板。在每一个角落点香熏蜡烛,对着全身镜踮起脚尖,想象以前跳过的舞蹈动作。又把新买的衣服全部拿出来熨一遍再放进衣柜。

床是用来躺着看书的,真正睡着的地方,地板、沙发、马桶,哪都好。反正都是她的。枕着什么睡都好——新买的衣服纸袋、新买的鞋盒、新买的可爱靠垫、新买的地毯……

谁能想到这个月账单有那么夸张!

学生街走到一半,转角就是"水木月",他们为了做中午生意,会在午餐时段卖特价盒饭,外卖帘子外还有一行小字写着"学生外卖可便宜五块"。也就是说不到二十块就能吃到鳗鱼饭,太划算了。

傅薇生走上前,对着窗口那个深蓝色画着浮世绘的半卷帘说了句:"鳗鱼饭,外卖谢谢!"

半卷帘内穿着半旧日式围裙的人应了一句,开始忙活起来,不一会儿,一盒包装好的盒饭就从卷帘内伸出来。

"二十三元。"帘子里的人说。

"哈?! 我是学生,不是便宜五块吗?"傅薇生大声说。

"学生证。"里面的人不耐烦地回应。

傅薇生忙不迭地拿出学生证,一抬头看见卷帘中穿着日式围裙的人,那是裴南阳。

她猛然想起那夜在居酒屋,文倩说起有个团员在这里打工,原来说的就是他。此刻,傅薇生心里一千个一万个后悔自己选择了吃这家店,更后悔拿出了学生证。

裴南阳看起来却没有什么表情。"那十八元。"他说。

傅薇生递上二十元,丢下一脸错愕的裴南阳,慌忙转身想要走开。

"喂!"裴南阳大声叫住傅薇生。

一个滚烫的饭盒放在傅薇生手心,被他手指触碰到的地方一阵战栗。裴南阳的手真好看,可惜,现在不是注意这些的时候。傅薇生拿着饭盒狼狈地转身离开。

"喂!找钱!"裴南阳在身后大喊着,傅薇生却早已走出了街口。

真是丢脸死了。以前和姑姑住在一起的那种窘迫、过分节俭的心理又出现了,真讨厌这样的成长环境,真讨厌这样的自己。以前姑姑连在超市买东西都要讲价,声音又大,全世界都看向她身后那个女孩,头发乱糟糟地贴在头皮上,都在看她。

还有那次庆祝她升读高中,爸爸给姑姑打了钱让带她去吃炸鸡,结果姑姑带上了自己儿子,那个胖表弟好像一周没吃饭似的拼命吃。最让她受不了的是,姑姑还把旁边桌没吃完的炸鸡桶拿过来给她吃,说是干净的,没人碰过。

她这一辈子都记得那个服务生的眼神。

傅薇生在转角之后,把整盒盒饭扔进了垃圾桶。

那天下午剧社例会,裴南阳和陶雅桥又迟到了。

陶雅桥迟到是常事,大家也渐渐习惯了她的大小姐做派。当文倩说"我们已经申请到学校的场地了,不过因为大剧场在修整,所以学校把新的古希腊剧场批给了我们"时,全场静默,刚好裴南阳戴着耳机走进排练室。

不知道为什么,傅薇生的心脏一阵缩紧,她搞不懂自己为什么要这么慌张,是手头拮据怕被裴南阳看到吗?但学生不都是没钱的吗?裴南阳自己也在打工赚钱,有必要那么紧张吗?傅薇生安慰自己。

等了一个学期,本来想在学校著名的大剧场上演自己的作品,结果竟是要在角落里露天演出,大家心里难免纷纷涌现出许多抱怨。

"会很热吧?""万一那天下雨怎么办?""灯光怎么办?音乐怎么办?看起来会很像广场舞吧?"……但谁也没把脑子里的想法说出来,气氛沉闷到了极点。

"别担心。"学长努力做出兴奋的表情鼓励大家,"灯光音响什么的我来想办法,可以找电视台借,甚至还可以和电视台商量,让他们把我们的公演当成一个节目来拍摄,这样大家的心血绝对不会白费!"

看着学长兴高采烈的样子,傅薇生只是在心里嘀咕:其实还不是为了自己在电视台能抢功上位。她早就熟知这样的套路,甚至能从文倩看着学长的目光中看出点什么,但她不确定。

"文倩学姐,对了,你男友放假了吧?不是说会帮我们排练吗?"陶雅桥突然问。

文倩一愣,表情明显有一丝慌乱,但她很快说:"是啊,但他这个假期估计没办法回来了。"她恢复镇定:"所以无论如何我们已经弄到了场地,大家的训练也进行了一段时间,所以我们该决定演员和剧本了哟。"

众人一片沉默,公演的剧本,其实是学长自己的毕业剧本,是由那出著名芭蕾舞剧《吉赛尔》改编成民国版本的故事,法国乡下少女吉赛尔变成上海的第一批女大学生,被"new money"(暴发户)诱奸后辍学进入工厂为前男友打工,最后病累死去,死去之后的灵魂拷问资本家前男友的故事。剧本充满了大量让人难以理解的对白,是一种"先锋艺术的矫揉造作和解构主义的唠唠叨叨",表达了对"资本主义社会和男权社会的凄美控诉"。据说剧本得到了那一届艺术学院毕业班最高分,比起剧本本身,这倒是最让大家疑惑不解的。

大家嘴上都不敢说,怕成为那个揭露国王新衣的小孩,万一这剧本真的充满思考,是个旷世杰作呢? 何况作为文学新星的文倩学姐可是很崇拜学长的。

无论如何,这个女主角肯定不容易演,不仅要背大堆拗口对白,还要跳一段芭蕾舞。众人一时间面面相觑。

"大家别担心,无论是谁来演出,我都会尽我所能去帮大家好好训练的,每个角色都有展示的机会。"学长继续他的老好人模式。

傅薇生的脸一阵发烫,她不由自主地低下头,不敢看陈子谦。这几日学校里一些风言风语,说陈子谦和陶雅桥以前在一起过,但陈子谦移情别恋抛弃了陶雅桥什么的,也不知道他们当时到底发生过什么。

傅薇生偷看陈子谦,他却只是一如既往地走神,其实陈子谦和陶雅桥这两人还真挺配的,要不是他们知道傅薇生的谎言,也许傅薇生会尝试和陶雅桥做个朋友,也不会到处去说出他们以前在一起这样的八卦。

傅薇生真的挺讨厌这样的自己。

"薇生,你会不会跳芭蕾舞?"文倩突然打断了傅薇生的思绪。

"嗯……会一点点。"傅薇生迟疑地说。

高中时从东欧回国的爸爸来找她,当时爸爸回国搞生意,看起来一副意气风发的样子,尽管背地里被姑姑数落了不知多少次:"东欧说是欧洲,其实比中国穷多了!""移民移民,还不是把麻烦丢给我?""肯定是混不下去了才回国的!"无论如何,爸爸从那时起会定期给傅薇生一些零花钱,她都存了起来,首先给自己买了一罐飘柔蜜桃味洗发水,剩下的钱全部拿去报了芭蕾舞班。她姑姑是不可能让她在这些"无用"的地方花钱的。可惜没过多久,爸爸的偷偷给钱行为就被他身在东欧的妻子发现了,零用钱也停了。

　　但傅薇生知道,这些花出去"无用"的钱,总会在某一天发挥作用。

　　傅薇生犹豫着站起身,先将一头长发系成马尾,轻轻踮起脚尖,上下轻微甩动。这是当时芭蕾舞老师每次热身时的小动作,她一直觉得很优雅,所以总是悄悄模仿。她走到排练室中央,脚步轻盈,像踩着什么无声的鼓点。

　　那些在脑海中演习过无数次的动作如同潮水般涌来,每一个动作都有着曼妙的法文读音:Demi pile, Releve, Tendu, Jete……分别是半蹲、立起半脚尖、脚尖擦地、小踢腿……

　　对了,还有 Rond de jambe a terre,小腿画圈,这是她记了很久的名词,一旦记住,就永远忘不了。

对傅薇生来说,完成这些基本动作如同执行神圣的旨意,她缓慢地伸展着,尽量让自己看起来像个芭蕾舞者。而她也的确做到了,所有人的目光都在她身上,甚至那个总是戴着耳机的裴南阳,也在悄悄注视着她。

女主角一定是她的了,不会有任何问题,她傅薇生就是那个漂亮聪慧又悲惨的民国小女子。靠落魄资本家父亲偷偷给的钱报名芭蕾舞班,等到多年之后的现在,那柔软的身段还是在身体记忆里,随时像热水中舒展的干玫瑰,芬芳色泽都栩栩如生。

在完成最后一个半旋转动作后,她轻轻鞠了个躬,脸颊通红,这是她第一次当众表演芭蕾舞,即使只学过一个学期,她也幻想这一幕很久了。但是,当她走回位置坐下时,却听到了一句最不想听到的话,那句话来自陈子谦。

“陶雅桥,我记得你小时候也练过芭蕾吧?”

陶雅桥不知什么时候已经出现在排练室一角,正倚靠着镜子盘腿坐着,一如既往地用纸扇子扇着风。

傅薇生的头脑一阵晕眩,这晕眩甚至让她差点忽略了陈子谦那句话中隐含的嘲讽和轻蔑,而那攻击性不是针对她,而是针对陶雅桥。

为什么? 难道陶雅桥跳得很糟糕? 傅薇生屏着呼吸,关注着事态进展。

"是真的吗？雅桥，那你来试试吧，没关系的，跳不好也没关系。"学长鼓励着。

陶雅桥看了一眼陈子谦，中分长发遮住了她的眼神，让人猜不到她想要表达什么。但最后，她还是站了起来。她并没有走到排练室中间，而是直接摆开手部动作，然后把其中一条腿，缓慢地向侧踢，身体呈现天鹅飞翔的优美姿态。

Adagio，这词语来自音乐术语"慢板"，是一个对基本功和协调度要求很高的姿势。傅薇生在心里惊呼。

没等大家反应过来，陶雅桥轻盈地向前跑去，像一阵风跃起，双腿笔直地分开，如同一对超越重力停留在空气里的白色羽翼。她就这么在空中停留了一瞬，最后悄无声息地坠落，以腿为中心，轻巧地旋转起来，柔若无骨。她就是一只天生的天鹅，被完美训练过的天鹅。

Pas Couru……Soubresaut……Pirouette……傅薇生在心中绝望地念出这些好听的动作名字，每一个美妙的音节都在告诉她，她做不到，她永远做不到的这些动作，陶雅桥却是那么轻松，仿佛只是走到饮水机边俯身饮水那么简单。

她散开的栗色长发在空气中与阳光纠缠、跳跃着，像是金黄色的旋涡，对所有人释放魔法，并把所有一切吸入她的周遭。

　　最后,她停在一个动作上,将双手缓缓升起,两根大拇指交叉,其余手指变成两侧飞翔的羽翼。她慢慢地把这样一个手势举过头顶,就像在看着什么,飞扬上天空。而她的嘴角,偏偏带着一丝嘲讽的笑容,她在嘲讽谁?

　　不知为何,最让傅薇生难受的事情,是她发现裴南阳虽然仍然戴着耳机,眼神却在她舞动的光影中越陷越深,像被钉住翅膀的蝴蝶,再也飞不出。

　　傅薇生的心像被挂上巨石,沉入深深的海底。

　　真的受够了。

第六章

黑白环

哪怕走遍天涯海角，我也不会放他走。
懂了吗？

· 8 ·

　　自从高二那年她去计算机教室上无聊的电脑课,无意中发现面前的计算机还显示着没有注销的陶雅桥的电邮。就在按下右上角小叉关闭的那一秒,傅薇生犹豫了,她最终选择记住密码。从那以后,她便经常偷偷私自登入这个邮箱。

　　在那个邮箱里,有着陶雅桥的所有私人照片。那些闪光的生活,那些被美好的人包围的日常,那些寒暑假国外旅行、异国诱人的甜点、丰盛的烛光晚餐、美丽的连衣裙……所有所有,都是傅薇生不敢想象的人生。

　　照片中,一个看起来年轻优雅的妇人总是站在度假时的陶雅桥身边,那大概是她的母亲,傅薇生简直不敢想象有这么年轻美丽的母亲,在她印象中……不,她对母亲没有什么印象。不仅如此,她发现陶雅桥的母亲每个星期都会寄来一封邮件,给她最亲爱的宝贝。

　　"亲爱的宝贝,妈妈很想你,你在学生宿舍住得习惯吗?妈妈刚刚陪弟弟去面试了中学,弟弟表现得非常好,你呢?你什么时候会来这里和我们一起生活?"

"亲爱的宝贝,妈妈帮你联系了做文化基金的许叔叔,他说他可以帮助你完成毕业作品,你要是有什么构思就和他说吧,他会帮你的。"

"亲爱的宝贝,妈妈给你邮寄了一箱好看的裙子和护肤品,你看看你最近的照片,穿的都是些什么? 这样一点也不优雅,不要再穿那些破洞牛仔裤了,好吗? 答应妈妈。"

"亲爱的宝贝,妈妈有个朋友投资了百老汇的一个剧场,我让他找人去看你们毕业演出。可惜妈妈的歌喉荒废好多年了,不然可以当你的私人教练呢。"

"亲爱的宝贝,妈妈想过了,我的女儿还是不要再去做表演了,妈妈年轻的时候可辛苦了,天天练功吊嗓子,我们女儿身体不好,还是不要做这么辛苦的工作了,听妈妈的话。"

"亲爱的宝贝,我看见你和同学在一起玩的照片,真的,不要再用塑胶杯子喝热水了。妈妈给你寄了一套很美的英国陶瓷杯,有密封盖可以带去上课的,塑料杯子有毒,对身体不好,请你也和你的同学说一说。"

"亲爱的宝贝,这个星期妈妈和弟弟去了郊区上马术课,弟弟差点从马背上面摔下来,妈妈想,要是你,一定不会这么不小心。"

"亲爱的宝贝,妈妈想好了,打算让你大学毕业来美国读艺术品鉴赏,这样拿到文凭之后就能进妈妈朋友的拍卖行工作,我觉得那里很适合你,轻轻松松,工资待遇也不错,面对的都是高端客户。我的女儿那么聪明,肯定能胜任。"

"妈妈把你的资料给了妈妈的朋友,他说完全没问题,只要你毕业之后过来读一个master(硕士)文凭就行。妈妈期待和女儿还有儿子一起住在纽约,我们一家开开心心生活下去。"

……

傅薇生不想再看下去,但又忍不住每一封都要看。

为什么,为什么陶雅桥的母亲带给她女儿所需要的一切粉红色的生活,而她傅薇生的母亲,则是早早离家出走,现在变成一块冰冷的石碑。

直到现在,她傅薇生终于从姑姑家搬出来自己住,以为生活重新开始了,以为从此可以不必再羡慕那个电邮里储存的闪亮人生。可是她错了,太迟了,她的人生开始得太迟了。

她必须加紧努力,必须把错过的一切都弥补回来。

雅桥：

其实我可以不回复你的任何邮件，你知道的吧？

我更可以对你的指控置之不理，但此时回复你的目的，只想告诉你，你确实误会裴南阳了。

他去尼泊尔做义工，不是为了逃避工作，更不是对自己失望。其实他在大学时就已经做了好几份兼职，这些你都知道。这样努力的人，你认为他会逃避工作吗？

在你眼中，我就是一个对他死缠烂打的花痴对吧？你错了，其实当初，是他决定和我在一起的。很意外吧？很意外我这样一个平平无奇的女人，竟然会赢过你和傅薇生。那是因为你们从一开始就想要赢，越想要赢的人，从一开始就输了。

别否认。陶雅桥，虽然你看起来与世无争，整天一副高冷的模样，但我知道你心里比谁都想赢。对，你是习惯了赢，你家境优越，虽然父母离婚，但身在人脉丰厚的上层社会，这样的你，怎么会懂得除了胜利之外的东西呢？

其实你根本不了解裴南阳，你只是爱上了那个幻想出来的他。在你们这种大小姐心中，越是得不到的东西就越珍贵，所以你才会在大学毕业多年以后还对他念念不忘。

你现在应该已经结婚了吧？早就有了富足的家庭生活，对吧？也许已经有了孩子，有了幸福人生，你又何必再缅怀过去，假惺惺地为他的死难过呢？

在离开中国的前一晚，裴南阳打电话给我，说想要回学校看看，他提出去坐新开的缆车。我们上山之后逛着逛着就忘了时间，所以回程的时候，我们为了赶上最后一班缆车拼命地跑，最后是我先一步上了缆车，而他没有赶上，只好上了后面的缆车。

当时我们各自在一个车厢里，隔着十几米的距离对望着，整个山谷陷入一片黑暗，我们隔着一段无法触碰的距离。缆车里没有灯，我们为彼此开着手机电筒，就这样看着黑暗对面的一个光点，一直到山脚下。

我走出站台时，他从后面冲上来抱着我，说再也不要让我离开了。

我也一样，哪怕走遍天涯海角，我也不会放他走。懂了吗？共同陪伴彼此走过一段黑暗的旅程，这是我与他共有的回忆，任何人都没有资格评论我与他的感情。

何况在他生命的最后一刻，只有我离他最近。

你还有什么要问吗？

陶雅桥，其实你完全没必要耿耿于怀，从大学时开始，就有很多人喜欢你了,不是吗?连陈子谦这样学校公认的校草,也是你曾经的男友吧。这事也不知道从谁口中传出来的,我想你也已经猜到了,那就是傅薇生说出来的。

当然你也没有否认,因为你早就习惯了被人羡慕、被人讨论。说起来,傅薇生遇到你这个对手,真是可怜呢。

说到这,你还记得那个胖胖的导演学长毕然吗?有一次我和裴南阳从尼泊尔过境去拉萨给孩子们买礼物,正好偶遇了他,当时他跟着电视台去西藏拍外景节目。我们在一起喝了酒,大家都喝醉了,那天晚上他告诉我一件事。

不,是两件事。

第一件事,所谓文倩学姐那个"在国外念书的男友",其实就是他。文倩后来靠着和他的关系成功攀上电视台导演,然后就把他甩了,一连做了新男友两部戏的编剧。可惜那两部剧收视率都不理想,她才转行了。而后她也是靠着那几年在影视圈的交往,才能卖出那么多份保险。

所以那时候她和学长在一起,完全是为了自己的前途。

还有第二件事,是学长喝多了告诉我的,他说他喜欢过薇生,可是当时自己能力有限,觉得以薇生的心高气傲,肯定看不上自己。

　　说起来,我们的剧社,根本就是一个笑话吧……

　　也许并不是每一段青春都值得回味,所以,大家如果没有必要也不用再联络了,这已经是最好的结果了。

　　祝你生活幸福。

莎莎

2018年6月26日

· 9 ·

那天阶梯教室大班高数课刚刚开始，戴着厚重眼镜的退休教授还没有开始写满密密麻麻的板书，一阵杯子破碎声响就惊醒了昏昏欲睡的学生们。

众人纷纷回头，看见坐在最后排的陶雅桥的座位旁，一个陶瓷水杯碎在地上。陶雅桥没有说话，低头开始捡陶瓷碎片。大家本着看热闹的心态，见她没什么反应，也就悻悻地回头继续听课。

与陶雅桥隔着一个走廊的裴南阳回头看了一眼，他隐隐觉得事情没有那么简单。老教授仍在以催眠的语速讲着解题思路，陶雅桥低头时长发挡住了侧脸，也挡住了裴南阳看她的视线。

突然，陶雅桥的手猛然一缩，像触电似的，一缕鲜血从指间流下来，她被碎瓷片割破了手。裴南阳刚要起身，仿佛知道他在看着自己似的，陶雅桥抬起头，用流血的食指在嘴边做了个"嘘"的手势。

不要动。

裴南阳只好慢慢坐了下来。

陶雅桥捂着受伤的手指，若无其事地回到座位，用另一只手拿出纸巾，轻轻包住伤口。血迅速浸润一小角纸巾，顺着手腕滴在桌面的课本上。

那课本中间，夹着一张纸条，红色的字迹像是一道渗血的伤口：

"陶雅桥，你怎么不去死??！！！"

巨大的问号横亘在字条中间，几乎把纸张划烂。

刚才她就是因为看到课本里出现这东西，才不小心打碎了杯子。此时伤口又渗出了一缕鲜血浸濡纸巾，她拿出几张纸盖在伤口上，收拾好书包，把碎瓷片装在环保袋里，起身离开了课室。

众人听见响动，纷纷注视着她离开，裴南阳也站起身跟了出去。

走廊上，陶雅桥捂着手指，鲜血从指间滴下来，落在冰冷瓷砖的走廊上。她的白色身影急速行走着，在这栋灰蒙蒙的旧教学楼中，像一抹稍纵即逝的雪。

"喂!"裴南阳叫住了陶雅桥，"我送你去医务室。"

"不用。"她面无表情地说，脚步没停。

"伤口看起来很深，一定要包扎。"裴南阳追上陶雅桥。

"不用了。"她坚持,样子有些慌乱,这一切都被他看在眼里。"走吧。"裴南阳一把拉住陶雅桥。

"我不去医务室!"她猛然大叫起来,把他吓了一跳。

"没说去医务室,带你去我那里,我帮你包扎。"裴南阳坚持。

两人的争执引来路过学生观望,陶雅桥没再说话,跟着裴南阳走了。

裴南阳带着陶雅桥走出校园,进了学生街,在街边的巷子里左拐右拐,最后走进巷子尽头一家老旧的食店,残旧的门面上招牌金漆早已脱落,隐约见到"记、羹"几个字。

店门还没开,裴南阳掏出钥匙开了个小门,拉着陶雅桥进去了。

食店空气扑面而来的一股潮湿阴冷,与外面的燠热形成强烈反差,在一片黑暗中,有"淅淅索索"的轻微响声。陶雅桥将自己靠在最近的一个木箱上,"啪",白色灯光突然亮起,一阵光晕过后陶雅桥终于看清了周遭:一个个木箱像抽屉一般垒堆在四周,上面铺着稻草,看起来像是老旧仓库。店面中间只摆着三张小桌子,围绕着不超过十个八仙凳,和偌大的空间不成正比。

裴南阳从洗得发黄的布帘钻进厨房,不一会儿拿了个小医药箱出来,和周围环境比起来,这医药箱显得格外新净,打开之后里面应有尽有,除了西药,还有一小包一小包牛皮纸包起来的不知名药粉。

　　他从医药箱里拿出纱布、棉花球和酒精:"把手拿来。"陶雅桥指了指箱子里蓝色一次性医用手套。裴南阳一愣,随即会意地拿出手套戴上。

　　他包扎伤口的姿势很熟练,除了酒精按下伤口的刹那陶雅桥轻轻叫了出来,其他时候都凝神专注,在那盏唯一的白色灯泡下,手指上的伤口被妥善处理。

　　裴南阳去放回医药箱,陶雅桥在店里坐着,心想那些堆叠得高高的木箱里到底是什么? 这店怎么到现在还没开门。她正要触碰木箱,被裴南阳喝止。

　　"别碰!"

　　陶雅桥猛然缩手。"对不起。"她道歉。

　　"它们对血腥味很敏感。"

　　"它们?"

　　裴南阳拉开陶雅桥,转身打开一格木箱。陶雅桥倒吸一口凉气。

　　他随后小心翼翼地拿稻草在木箱口的黑暗处晃了晃,示意陶雅桥上前,只见白色灯光照射进的小缝隙内,一截黑白相间的身躯在光线中缓慢动了起来。

是蛇。陶雅桥仔细地盯着那截蠕动的身躯。

裴南阳凑上前,将木盖虚掩着。"是银环,专门用来孵幼蛇入药。"他说。

"什么意思?"

"用她煮蛇羹太浪费了,是要她生幼蛇,幼蛇风干后是好药材,她可是这家店的摇钱树。"

陶雅桥这才明白了为什么这间小店直到下午还没开门,它根本不是做学生生意的,而是自有一班按时进补的熟客。所以门庭隐蔽,开门时间不详。

"你为什么要在这里做事?"陶雅桥忍不住问。

"这里给钱多。"

"但也危险啊。"

裴南阳耸了耸肩:"这里什么蛇药都有,况且它们很温和,都是冷血动物,根本没有什么情绪,只要喂饱了吃的……喏,"裴南阳用手指了指一旁的铁笼,仔细一看,里面密密麻麻地放着些活生生乱跳的小蟾蜍,"就不会伤害人。"

陶雅桥一阵反胃。

"恶心吗?"裴南阳笑着问。

陶雅桥痛苦地扶着额头，眉头皱成一团。

"一开始我也觉得恶心，后来就习惯了，还给它们起了名字，喏，她叫 Billie Holiday。"裴南阳说。

Billie Holiday 是个黑人爵士女歌手，陶雅桥虚弱地笑笑："很贴切。"

"你还要看其他的吗？Billie Holiday 正在孵蛋，其他的可能比较有精神搭理你。"

"不用了，等她孵完再来看她吧。"陶雅桥说。

她站起身，踉跄着往透光的小门走去，还未走到门口，便"咚"一声，倒在地上。

所以那日剧团训练，陶雅桥和裴南阳照例没出现。

"已经第几次缺席了？"文倩懊恼地丢下剧本，"当初就该让傅薇生来演女主角。"而学长只是抱着笔记本电脑，埋头打着灯光指令。

"喂！"

学长没有抬头。

"你和电视台那些人说好了没有？新节目我能进对吧？"文倩凑近学长，"确定了对吧？"

"嗯……"学长敷衍地点点头。

"8月就开始对吧？"文倩追问。

"嗯。"学长仍然没抬头。文倩凑上前,想要凑到他的嘴边,失败后又凑到他的耳边,恶作剧似的呵起气来。门开了,文倩迅速弹开。来的人是莎莎。

莎莎明显被刚刚眼前的情况吓了一跳,怯生生地说:"学长叫我来讨论服装图稿……"

"是,"学长站了起来,"你过来,我有些参考图稿给你看看。"

文倩冷眼看着自己的地下男友和莎莎走到角落开会,顿觉闷热难忍,胸中一股闷气更是难以言喻。

她从包里拿出那支不知是谁遗留下的暗红色日本钢笔,想了想,又不舍得用,拿出普通蓝色水笔在剧本扉页编剧那一栏,"毕然"的旁边写上"方文倩"。然后才满意地笑了笑,打开剧本,大刀阔斧地用钢笔删改起来,仿佛整本剧本,都是她肆意挥洒的战场。

就快毕业了,也要为自己打算打算。她已经计划好了,电视台的戏剧组里个个都是"背景户",不好进,那就先从综艺组入手,等到公演时被人看中了她的剧本,再想想办法进戏剧组也行。

她盘算着,手中紧紧握着那支暗红色的钢笔,仿佛握着自己的美好未来。

第七章

百鬼

一直以来她都只会逃离，从来不敢为自
己多申辩一句。

莎莎：

事到如今，我也没有必要再隐瞒和你通信的目的了。

其实，我根本不关心你和裴南阳之间的感情纠葛，你们之间的浪漫情事对现在的我来说也毫无意义。

我真正关心的事情是，当年傅薇生到底是怎么死的，真的是自杀吗？

关于这个问题，我相信不止我一个人提出过，当时校园内部论坛里有好几个帖子讲傅薇生事件，有的甚至扯到风水八卦，讲得煞有介事。可是事情过去不到一年就没人讨论了，世界转得可真快。

直到现在，只剩一个帖子在讲这件事情，那个帖子的楼主叫"531"，应该就是我们社团的人，但也不知道是哪一届的。那位楼主提出当年事件的许多疑点，其实和我心里想的有许多相同。

一直以来，"531"在论坛里也没人搭理，只是偶尔会发帖纪念一下傅薇生，但很快会被各种兼职帖淹没。现在学校对于学生兼职的态度放宽了许多，也对，对于一个没有收入又想脱离家庭的大学生来说，兼职是获得自由的唯一方法。

还是说回傅薇生吧。

在我眼中，傅薇生一直是个人缘不错的漂亮女生，而且她对自己也很有信心，总会在适当的时候勇敢地表现自己。她的这种特质，曾经让我非常羡慕，即使她屡次针对我。

薇生死后，她的社交平台上没有一个人留言。

曾经天天在一起排练的社团朋友，虽然不是同班，但大家也经常见面，为什么连一句"我怀念你"都不曾留下。还有她的同班同学呢，难道她的好人缘只是表面的吗？

薇生死后不久，有老师找过我谈心，她说："听过这样的传言，傅薇生不开心的一个很大原因，是你们社团的人把她踢出了毕业公演。"我很是震惊，我们根本没有把她踢出去。你还记得吗？当时是她说自己为了工作的事，恐怕没有办法挤出那么多时间排练。所以文情只好把"吉赛尔的母亲"这个角色删去，为此，学长还非常生气呢。

说实话，薇生死后，我一直反反复复地想，到底我们做了什么，让她要在演出前一晚去茶山山顶，去母亲的墓前，然后摔死在深谷之中，让我们所有人白白等在空荡荡的舞台边。发生了这种事，从此以后师弟师妹们也不会再用那个剧场了吧。

她是真的怨恨我们吗？那段时间甚至有传闻说，薇生是因为压力太大而自杀。

不，我想不是这样的，我不相信傅薇生会自杀。

你还记那年的台风吗？因为那场台风，我和傅薇生被困在房间里回不了家，那时我们饿得要命，她把一个金枪鱼罐头盒点燃，当作瓦斯炉，煮了一碗面。我做梦也没有想到，一个爱穿戴名牌的女生竟然能在没有电的情况下煮好一碗面，我也没有想到，这样煮出来的面条配便宜的金枪鱼可以那么好吃。

能用鱼罐头煮面的人，以她的求生能力，我不相信她会自杀。

所以我在想，她做的所有针对我的事，也许是因为裴南阳。

有一次，我躲在走廊听裴南阳弹琴，被她撞见了，她没有声张。但也许从那时候开始，她知道了我喜欢裴南阳，因而把我当成了假想敌。

你还记得当时关于傅薇生的传闻吗？那些传闻煞有介事，说她经常和年纪大的男人在一起，以此赚取学费和生活费。据说，她所说的什么忙于找工作，其实根本就不是这样，她是要用课外时间陪那些男人。

这个传闻是怎么传出来的呢？大家一开始都以为是我说的,但真的不是。一开始我以为这传闻来自文倩,因为文倩最热衷八卦。后来我又以为有可能是陈子谦,因为他们俩的关系有一段时间似乎非同寻常。但最后,我得知其实与裴南阳在一起的人是你。这时我明白了,其实是你吧?

你一直在挑拨我和傅薇生的关系,包括那些夹在我课本里的让我去死的字条,也是你做的,对吧?

莎莎,难道你不会内疚吗?对于傅薇生的死,你不会良心不安吗?

至于薇生是否真的有做"那样的"工作,我确实不知道。虽然不是直接诱因,但警察之前也问过关于薇生是否受到霸凌的问题,也许就是与那些传言有关吧。而且听说薇生的父亲在她死后,也来过学校了解情况,这事让我们所有人都很紧张。

莎莎,那时候的你心里很过意不去吧?这就是为什么你毕业后默默回学校图书馆工作,谁也没有联络的原因吗?

我知道你也很痛苦,我们都很痛苦。所以最后我们就这样毕业了,热浪剧社就这样结束了。大家心里都留下了一道很深很深的疤痕。薇生,她确实很厉害啊,直到现在我还对她的死无法释怀。

最近我的工作有所闲暇,我会继续调查这件事,你觉得反感也好,无聊也好,我会一直和你分享我的调查进展。当然,你可以不用回应我。

但如果你愿意提供帮助,或者你有什么遗漏的回忆,我希望和你一起去补全。

麻烦了,万分感激!

祝生活愉快!

雅桥

2018年6月27日

· 10 ·

想起来就头疼。

这是第几次被学长那个讨厌的家伙拉着参加集体活动？

而且这一次竟然是去主题公园，毕然学长说在电视台拿了些内部门票，请大家一起去玩，只是去散散心而已。说是如此，他自己却郑重其事地带了台DV机，一边走一边拍。

这让大家都很无语。因为所有女生中，只有傅薇生精心打扮了，她穿了一双反光皮面的裸色中跟鞋，文倩一眼便看出那是名牌"飞了鸡毛"，要差不多一万块。当时有关傅薇生"兼职"的传闻已经满天飞了，她一路没怎么说话，只是配合地跟着众人走，大概一万块的鞋子也是会磨脚的。

"今晚的百鬼夜行一定要看哟……哈哈哈哈哈。"其他人不知道是不是故意，都刻意地小声说话大声笑，文倩尤其笑得大声。傅薇生像是被刻意冷落了似的，但也没有办法，大家该和她说什么呢？她穿着那双"飞了鸡毛"鞋子，走起路来比众人都慢一拍，大家已经故意走慢些来等她了。为什么要穿成这样呢？为什么要刻意打扮呢？难道是早就知道学长要拍摄?

文倩偷偷告诉大家,学长这么做,不仅是为了给大家一个纪念,也是为了自己剪出一些素材给电视台做节目使用。

大家对于自己的素颜会无端端成为电视台的素材这件事,都颇为不爽,年轻人总有这么一个阶段,会特别重视隐私,很不想被镜头拍到。但大家敢怒不敢言,学长虽然在电视台只是个小喽啰,但也是大家能接触到最有可能帮助到自己的"业内人士"。陈子谦一发现要出镜,立刻从包里掏出了随时准备着的黑色口罩,并且整个过程一直在照顾自己的发型,为了发型完好也不愿意搭过山车,宁愿一个人在下面看包等大家。

裴南阳还是挂着他那大大的耳机,大概是因为休息不好,眼睛下面有两个黑眼圈。他倒是很配合学长,学长把镜头一拍近,裴南阳便老老实实地回答问题。

"现在我们要去乐园里最恐怖的鬼屋! 叫什么?"

"轮回空间。"裴南阳看着地图乖乖回答。

"Let's go!"学长在镜头后面激昂道。

没有人表现出兴奋。

话虽如此,但到了鬼屋前排队时,因为主题公园把现场气氛营造得很好,还是让众人感受到了一丝刺激和兴奋,气氛终于活络起来。

"听说里面有几条分岔路,如果走散了就要一个人走完呢!"文倩兴奋地说。

莎莎吓得一直在哀求可不可以不要进去,旁边用来营造气氛的"鬼"也把莎莎吓得不停尖叫。学长不但没有放下DV机安慰莎莎,反而不停追着拍摄莎莎吓得快要哭出来的样子。最后还是裴南阳拍了拍莎莎的肩膀:"没关系啦,进去之后你走我后面吧。"

"好man哟!"文倩带头起哄。陈子谦一手一个拉住傅薇生和陶雅桥,对着镜头一副大爷的样子说道:"那我也好怕怕,我站你们两个中间好了!"

傅薇生的脸上露出了笑容,甚至对着镜头提议:"要不然我们手拉着手一起进去,到时候就不会走到不同的分岔路了。"说完之后大家愣了愣,但很快全部附议。陈子谦带头一手拉住傅薇生,另一只手拉住陶雅桥,陶雅桥的脸上有些不自在,但也没有说什么。文倩自然地一把拉起毕然学长的手:"要进去啦,不能拍啦!"

当时文倩和学长的关系,大家已经猜到大半,几乎是公开的秘密。

就这样,文倩拉着学长,学长另一只手拉着陶雅桥,文倩拉起了莎莎,莎莎和裴南阳拉在一起,而裴南阳的另一只手,自然而然地拉着傅薇生。

学长腾出拉着陶雅桥的手,在进鬼屋之前再一次打开DV机,要大家一起拉着手对着镜头说"Good show!"这是每个剧社里说得最多的激励口号,无论做任何事情都可以用这句话来"打鸡血"。毕竟在很多戏剧社人的眼中,人生就是一场戏,无论做何事,都是"show"的一部分。

"Good show!"一群年轻人在旁人侧目之下,这样没脸没皮地大喊着,然后一起走进鬼屋。

DV机画面戛然而止。

鬼屋的确比想象中可怕,扮鬼的工作人员打扮成各种走不出轮回的可怕阴魂,在阴间不停徘徊,重复着在人间最恐怖的一幕。大家胡乱地拉成一圈,自然地把学长挤到第一个,这样陶雅桥就松开了学长的手,成为队伍的最后一个。

仿佛知道了莎莎是所有人中最胆小的那个,那些鬼怪就专门针对莎莎来吓。莎莎的尖叫声此起彼伏地从前面传来,越走越混乱,不知从哪里开始,队伍就从中间断了。陶雅桥在最后吓得不轻,在一片混乱中抓住了一只手,她一开始以为是陈子谦,心里虽然有嫌隙,但此时也只能死死抓着不放。

几人走散了,前方后方似乎都是黑漆漆的,看来她脱离了组织走到另一条岔路了,也只好硬着头皮和同伴继续往前走。惊魂未定,陶雅桥这才感觉到拉着的那只手皮肤细嫩柔软,不像是男生的手。

"唉?"在一片暂时的安静中,陶雅桥试探着说。

"在呢。"回答的竟然是傅薇生的声音,看来在混乱中,连陈子谦也走散了,最后竟然是她们两个拉在一起。

"怎么办?"陶雅桥抖着声音,确实是被吓到了。

"快跑吧。"傅薇生拉着陶雅桥的手,二话不说就在黑暗中飞奔起来。陶雅桥跟在后面,只觉得周围鬼影幢幢,耳边传来各种恐怖音效,她知道所有的鬼怪都冲着前面的傅薇生一个人去了,甚至前方一片黑暗,连路都不知道在哪里,傅薇生却这样大步地跑,也不怕撞了什么机关。

陶雅桥什么也做不了,只管闭上眼睛跟着跑,所幸前面有人拉着她。她在黑暗中听见了什么声音,那是傅薇生尖叫一声,手也松开了,陶雅桥吓得继续往前跑。

也不知道跑了多久,她微微眯起眼睛,看见前方有隐隐约约的光,管不了那么多,她闭上眼睛就冲了出去。直到冲出了鬼屋,才发现自己是一个人出来的,傅薇生不见了。陶雅桥在出口看着黑漆漆的鬼屋,又不敢进去,只能在外面等着,心想她那么大胆,总能走出来。

不一会儿，众人从临近不同的出口出来，先是文倩，随后是学长、陈子谦。文倩和学长一出来就指着陈子谦哈哈大笑，说他看起来挺拽，其实根本是个怂包，整个过程一直拉着他们不放。

学长拿出 DV 机来拍陈子谦尴尬的样子，他先是躲着镜头，后来跳起来说了句："别拍了!"文倩赶忙抢过学长的 DV 机。陶雅桥看出来陈子谦是真的生气了，文倩知道他有业内背景，不敢得罪他。

气氛一度非常尴尬，好在这时裴南阳和莎莎出来了，莎莎吓得整个人死死抱着裴南阳的一只胳膊，看起来就像一对连体婴。文倩乐得趁机转移话题，拿两人开起了玩笑。莎莎的脸"唰"一下红了，立马松开了手。

学长这时候把 DV 机用轻便脚架架在鬼屋前面，然后自己也走到镜头前。"各位热浪剧社的成员，相信大家经过鬼屋手拉手的一段旅程，应该也对彼此更加依赖了吧？也应该发展出了革命感情!"学长自己笑了起来。

大家面面相觑。学长接着从他的大背包里掏出了一堆五颜六色的彩色珠子。众人纷纷有不祥的预感。

果然，学长非常热血地说："我前段时间跟着电视台拍外景去了趟拉萨，给我们剧社求了几串天珠，我也不知道是真的还是假的,反正看上去挺灵的,希望大家能戴着直到公演那天,一起集气吧!"

众人在学长的热血煽动下,只好不情不愿地伸出手臂。学长见大家表情不到位,还小声说了句:"大家配合点啦,说不定会拍成节目的哟!"众人只好挤出一丝尴尬的笑容,纷纷戴上那串傻乎乎的手串。

陈子谦问了句:"这个东西多少钱啊?"学长回道:"还好还好,是导游带我们去买的。"

文倩追问:"所以多少钱?""导游说外面要卖好几千,她带我去的地方一串只要三百块。"学长小声说。

"你发神经吗?!"文倩大吼出来。

"哎呀……心诚则灵嘛。"学长小声安抚女友。

"不是,你是脑子有病吗? 一串三百块?! 你确定不是义乌出品? 我现在给你搜,你信不信淘宝六块钱就买得到?!"文倩气得没管DV机还在录,对着学长就一通骂。

众人看着这对地下情侣互骂,心里想笑又不敢笑,个个只好假装开开心心地戴着手串,陈子谦冲着镜头做出积极向上的模样,又拉着莎莎和陶雅桥在镜头前感谢导演,现场一片欢乐气氛。

"傅薇生呢?"裴南阳突然问。

所有人面面相觑，这才意识到傅薇生不在。

"刚才谁和她在一起?"学长问。

"我……"陶雅桥小声说，"我出来之后也在等她。"

"那为什么不和她一起出来?"文倩问道。

陶雅桥不知道该如何回答，她刚才确实是吓到了只想快点冲出去，根本没想到傅薇生。

"她该不会是迷路了吧? 要不要叫工作人员帮忙?"莎莎看起来很担心。

"再等等吧。"学长说。

大家在出口处等着傅薇生，陈子谦先没了耐心:"会不会她已经出来了? 说不定早就走了。"

"百鬼夜行要开始了呢……"文倩小声地说。

这次来主题乐园，让大家最期待的项目就是一年一度的百鬼夜行烟花游行，要是再等下去就会错过游行，所有人都犹豫了。

"你们要等就等，我先走了。"陈子谦还没从刚才丢脸的情绪中走出来，只想一个人走远点。

"还有几分钟才到游行时间，要不要再等等?"莎莎说。

"要不我和子谦、南阳先去占位置，等会你们四个女生一起过来。"学长提议。他其实很希望能拍到百鬼夜行的烟花素材。

"那就这样吧,一会儿见。"文倩说。

"薇生!"莎莎突然尖叫起来。

众人望过去,只见两名扮鬼的工作人员搀扶着薇生从出口走了出来。薇生哭得两眼通红,身体还在止不住地发抖,大家立刻围上去。她没有说话,只是一直哭。

众人追问许久,突然,傅薇生抬起头,指着陶雅桥,声音颤抖。

"为什么你要丢下我先走?"

陶雅桥的脸"唰"一下通红,先走?丢下她?明明刚才在鬼屋里傅薇生表现得那么淡定,还拉着她狂奔,怎么变成她丢下傅薇生先走了?

所有人望着陶雅桥,她还没搞清楚状况,傅薇生的眼泪又掉了下来。"蛇,有蛇!"傅薇生指着陶雅桥说。

陶雅桥的脸僵住了。

"……什么蛇……"陶雅桥颤抖着问。

"有蛇!鬼屋里有蛇!"傅薇生哭得上气不接下气。

"我们鬼屋里没有蛇啊,没有这样的设计,真的没有!"一旁扮鬼的工作人员立刻否认。

"真的有蛇……"傅薇生似乎还在惊吓情绪里,文倩赶忙扶住了她。

"蛇?"陈子谦仿佛想到了什么,一把抢过陶雅桥的书包,陶雅桥想要死死抱住,却阻止不及,被陈子谦拉开书包拉链。从书包里掉出一条黑白环蛇,众人尖叫着跳开。

"是假的!"陶雅桥赶忙解释,一把捉起塑胶蛇塞回书包。

众人的目光死死盯着陶雅桥,陈子谦更是一副得意的神情,她立刻明白,自从自己上了大学之后和他提了分手,陈子谦早就怀恨在心,一心要揭穿她。

"刚才你们坐过山车我在下面帮大家看包就看到了,当时还吓了我一跳。"陈子谦嘲讽地看着陶雅桥。

假面甜心。对,她陶雅桥就是个假面甜心,故意买假蛇吓唬同学。他心里一定是这样想的吧,所有人心里都是这样想的吧?

"我没有……"陶雅桥不知如何回答,恍然间只看见裴南阳目光灼灼地看着自己,羞愧得语无伦次。

"那你为什么要带这条蛇出来?"文倩死死盯着陶雅桥。

"我……"陶雅桥感觉自己再也承受不住,再多一秒她就要晕倒了,她踉踉跄跄地打算转身逃开。一直以来她都只会逃离,从来不敢为自己多申辩一句,即使在家人面前,她也一贯如此。

先是莎莎尖叫，然后是文倩，他们指着她的脸，露出惊恐的表情。

一行鲜血像是蜿蜒的蛇从陶雅桥的鼻孔流下。

"你……"文倩瞪大眼睛。

陶雅桥却没有理会，她捂着鼻子，转身脚步浮乱地用力奔跑，她只想汇入人群，不被任何人看见。

血顺着下巴滴下来。陶雅桥只是慌乱地逃跑。她不能说出她对裴南阳的愧疚，那日在蛇羹店，她过敏晕倒，裴南阳送她去医院，因而忘记关上蛇箱，Billie Holiday逃出了箱子。

她很爱Billie Holiday，自从那日遇见它就想要亲近它。但她不能说出她的那些小小爱好、她的小小实验、她的小小温暖回忆。

那是一个黑暗的陶雅桥，不是人们眼中那个天使般的千金小姐陶雅桥。那个黑暗的自己像影子一样紧紧跟随着，怎么也甩不掉。

"砰!"像是枪声，血红色绚烂的烟花在头顶盛开，百鬼游行开始了。

第八章

深谷

自由是拥有了一切之后,最后才能得到的东西,那是最宝贵的东西,你配得到吗?

雅桥：

其实，一开始你就不用假惺惺地使用代号，现在看来这个邮箱大概就只有我和你在用。我之所以还和你互通电邮，是因为你一直咬着我不放。

我挑拨离间了吗？那又如何。

我做的所有事情，都是为了裴南阳，不，当时的我或许不太清楚自己对他的感情。但我实在看不下去你们对他做的那些事情。

尤其是你。你口口声声说喜欢他，说欣赏他的才华，偷走公演的CD是为了让他可以在舞台上展现弹钢琴的天赋。

真的是这样吗？其实你这么做，不是为了爱，而是为了赎罪吧？

你还记得那年我们去主题公园玩，傅薇生指控你丢下她不管，你气得流着鼻血转身走了，害得我们都去追你，结果谁也没看成"百鬼夜行"。

后来大家冷静下来，我们都不相信你是故意的，至少我不相信，你不是一个会故意欺负同学的人，更不是一个在蒙受指控后就情绪崩溃跑开的人。因为根本没必要，你早在出生那一刻，就什么都有了。所以你那天的行为太不像你了。至少，太不像平时的你了。

还记得傅薇生是怎么死的吗？据说她是被毒蛇咬死的。

黑白环。

想起什么了吗？那天在你书包里发现的假蛇，就是黑白环。你为什么要买条假蛇？是为了来吓人吗？那不是你。

那么就只有一个原因。我记得裴南阳和我说过，他为了赚更高时薪一直偷偷在学校附近的非法蛇羹店打工。可没过几个月他的工作就没了，还被要求赔偿一笔不小的数目，听说是他弄丢了店里的一条黑白环。

让我猜一猜，是因为你的原因，那条蛇才不见的？

其实你应该也知道这件事吧！所以以为买条假蛇就能帮他把老板糊弄过去？大小姐，你是白痴吗？你知道一条能孵化小蛇的野生黑白环价值多高吗？你知道那些非法蛇羹店背后有多少黑社会打手吗？

因为你的关系，裴南阳把一笔对他来说多么重要的钱赔给了老板，他本来那么努力存钱，就是为了大学毕业后能去欧洲读音乐，这些你都知道吗？

其实你心里也一直很内疚，对吧？特别是当你知道傅薇生是被毒蛇咬死的。你会不会怀疑就是那条因为你而弄丢的黑白环呢？因为它太饿，所以咬死了从缆车上掉下来，全身还流着血的傅薇生？

陶雅桥，这几年，你也一直在做噩梦吧？

对了，那个说出傅薇生有"兼职"传闻的人不是我，而是另一个人，因为我只把我看见的告诉给了她一个人。那人是文倩。

公演前，已经大学毕业一年的文倩学姐，并没有如愿以偿地进入电视台编剧组，所以只好回到学校做助教。那时候，她把所有的希望寄托在公演上，她希望自己和毕然学长合写的剧本能够通过公演被业内人士认可，这样才能有让她进入电视台的希望。

助教收入是非常低的，我觉得那时她的情绪非常不稳定，和学长的关系好像也一直处在不稳定的状态。现实无法接近梦想，真的会让人疯掉，不是吗？不管那梦想是一份工作、一个人，还是一种说不出口的欲望。那时候快要毕业的我们，都处在这样的一种状态中。

傅薇生也是，所以她去做"那种兼职"，我一点也不意外。她不像你家境优越，所以她哪里来的一万块去买"飞了鸡毛"？还有她薄薄衬衣下透出来的蕾丝打底衫，看起来也是一个价格不菲的日本品牌才有的蕾丝。

这些你知道吗？恐怕你根本不会留意吧？因为这些美好的事物，在我们这些普通女孩的眼中是那么扎眼，但对你来说却是生活理所当然的组成部分。

但傅薇生的变化，我们都看在眼里。

没错，当时把傅薇生的传闻告诉文倩，大概也是为了安慰当时失魂落魄的她，才随口说起的。但，我绝不是信口开河。我在校外亲眼看到薇生挽着一个中年男子的手过马路，那男人穿着西装，有肚腩，还秃顶。

你明白吗？看到那一刻的我，心里有多幻灭。这就是傅薇生啊，漂亮又努力的傅薇生，开朗、助人为乐都是表象。真正的她原来是个挽着秃顶男人、用这种恶心的方式换得金钱的女人。当时她正在申请学校的研究生出国留学，我就知道她快成功了，我也明白以她的手段，一定能得到想要的东西。

对不起，原谅我无法假装没有看见！虽然我只是告诉了文倩一个人，但之后那些传闻传遍学校，让傅薇生蒙受了巨大压力，甚至可能因为这样而选择自寻短见……如果说这一切是因为我看见了那一幕，那我也没有办法，你说我冷血也好，嫉妒也好，她自己做的事，自己要负责。

我们每个人都有想要而得不到的东西，凭什么她就能用最轻易的方式获得？

其实我们每个人对她都做过或多或少内疚的事情。学长作为导演，一定很内疚自己为了公演成功而给了傅薇生太大压力。文倩，一定很内疚她的多嘴让傅薇生陷入流言蜚语。而你，放走了一条最后有可能杀死傅薇生的毒蛇。裴南阳，则包庇了你的过失。至于陈子谦，也许，他们俩的分手也是把她推向深渊的其中一只手吧。

你们没有一个人是无辜的。

总之，如果要这样算起来，我们每一个人，都是害死她的凶手。这也是为什么毕业之后大家都没有再联络的原因，对吧？你一定要我把这一切说得这样清楚吗？一定要撕裂我们在大学仅剩的那一点美好回忆吗？

裴南阳再也没有机会实现他的音乐梦想了，大学毕业后碌碌无为，最后在异乡死去，他已经得到了惩罚。文倩再也没有机会重新成为编剧。陈子谦，曾经信心满满要在娱乐圈有一番作为，现在只是个半红不黑的谐星。学长离开了电视台，到现在也没能做出什么厉害的作品。

而你呢？你这个让傅薇生痛苦的始作俑者，你又牺牲了什么？

你得到了你想要的自由吗？什么叫自由，你懂吗？自由是拥有了一切之后，最后才能得到的东西，那是最宝贵的东西，你配得到吗？

我们谁都不配，谁都不配！

莎莎

2018年6月28日

· 11 ·

闪烁的，一切都是闪烁的。如果人生也是如此，该有多好。

这是傅薇生在面对珠宝店一柜子闪闪发光的小东西时，对自己说的话。

这个品牌的珠宝店在市中心最繁华的写字楼底层，巨大的玻璃橱窗永远展示着最闪烁迷人的新季样品，那些奢侈的对象，偏偏有着最小巧可爱的款式，像一群轻盈又珍贵的精灵。

橱柜映照出傅薇生的脸，她一遍又一遍地看着柜子里那些小巧的闪烁的戒指，心中涌现出无与伦比的悸动与平静。这些闪光，无数次与她的梦反复重叠，再重叠，那些即将实现的规划，那些可以预计的未来，一步一步，只要努力，只要乐观，只要相信，就一定能达到的梦想……在这一刻具象化，具象成那一颗最闪烁的粉红色的光点。

就是它了。傅薇生终于露出了笑容。

从珠宝店走出来，她满意地看着右手食指上那枚粉红色宝石戒指,小小一颗,那么贵,却又那么可爱,一切都是值得的。

当她抬起头时,正好看见马路对面等了她许久的陈子谦。

咖啡店里,落地玻璃映照着城市光影,傅薇生默然地吸着面前的冰摩卡,陈子谦却盯着她手上刚刚买下的珠宝袋子,一脸愤然。

"你最近在做什么工作吗?"

"不做你养我啊?"

"我听我堂姐说,你去面试电视台的演艺训练班了。"

"对啊,有问题?"

"我叫你别去,那里不适合你。"

"有什么不适合的?"傅薇生没好气地说。

"你读训练班,不保证签约,每周有考核,唱作舞演都要考,你也知道自己五音不全,而且训练班是没有底薪的,你能养得起自己? 这个牌子的戒指,要上万块吧?"陈子谦有些气急败坏。

"你说这个戒指?"傅薇生看着手中闪烁的粉红色小精灵。"两万三。"她淡然说。

"你钱从哪里来的?"

傅薇生咬了咬吸管,把杯子里剩下的摩卡全部喝光,最后只听见吸管干吸着冰块的声音。她这才放过吸管,用手捏着吸管玩着杯子里的冰块。

"又不是你买,管那么多干吗?"她冷冷地说。

"傅薇生,和我在一起很丢你脸吗?"陈子谦气得摘下了墨镜。

"这话是我要问你,和我在一起很丢你脸吗? 连剧社的人也不让知道?"

"这事我和你解释过了,其实人人都知道了。"陈子谦又把墨镜戴上。

"知道又怎样?"傅薇生高声说。

陈子谦有些气急败坏,他偶像包袱是很重,但和傅薇生在一起也是棋逢对手。当初和陶雅桥算是高中时期的puppy love,虽然后来被甩他是生气过一段时间,但生气归生气,他也觉得陶雅桥家境太好了,根本hold不住。倒是傅薇生好胜又努力,符合他对女朋友的期待,就算在学校被人讨论他也不觉得丢脸。

可是最近听见关于女友那样的传闻,任是谁也难以忍受吧,陈子谦决定摊牌。

"先别说我,说说你,你现在到底是怎么样? 别人怎么说你,你没听见吗?"这种很肥皂剧的对白在陈子谦说来毫无违和感,他最近都在狂补表姐演的肥皂剧,表姐说要把那个制片人介绍给他认识,就等毕业后直接进组演个角色,以后定是前途无量。

傅薇生脸色变也没变,仍旧摆弄着吸管,悠悠地说:"什么传闻? 我告诉你好了,也免得你瞎猜。我那个不成器的爸,最近又回国找我了,他说他在捷克的公司被人收购了,赚了一大笔。他想和他一家子再移民回来,才发现,哦,原来一直还没正式和我妈离婚。他要我帮他搞离婚手续,分居证明什么的,就给了我一笔好处费喽。"傅薇生轻描淡写地说完,举起杯子把冰块倒进嘴里,"咔啦咔啦"地咬了起来。

陈子谦盯着她,许久之后,他说:"傅薇生,你不说谎会死吗?"

傅薇生一愣。

"啊,你不相信我? 不然你以为我干什么?"傅薇生有些激动。

"我怎么相信你? 你那么爱撒谎,以前在学校根本就不是剧社女主角,你骗他们说你是。还有,要是你爸真的那么有钱,你需要申请学校助学金去念研究生吗? 要是你真的穷到要申请助学金,你会明明有宿舍还在外面租房子?"

陈子谦喋喋不休地说着,傅薇生的脸色毫无波澜,只是举起剩下冰块的杯子,往嘴里倒冰水。

"还有你妈,早就死了,不是吗？还搞什么离婚手续？"

傅薇生手上的动作停了,冰水一滴一滴从嘴边滴了下来。

"所以你直接说吧!"陈子谦扬起眉,"到底,卖多少钱一次？"

傅薇生放下杯子,死死盯着陈子谦。她站起身,把杯子里所有的冰块全部倒在他头上。

一走出大街,她忍不住用颤抖的手拿出手机,踉跄地找到那个熟悉号码拨出电话。绿灯亮起,她顺着人群穿过马路,此时电话终于接通,对面传来"喂"的男声。

"你现在、立刻过来接我!"

她咬牙切齿地挂了电话,周遭的所有人让她无法呼吸,这一切都让她面目狰狞,她好讨厌这样的自己。为什么就不能像那些珠宝一样,永远优雅、闪烁、楚楚动人,为什么不能!

缆车冲出车站安全网,会有一段颤动。

这个颤动让傅薇生无法控制眼泪从眼眶掉下,她看着窗外景物慢慢爬升,醉梦溪在脚下流过,越来越浓烈的合欢花香味,然后是巨大的凤凰树树冠,再然后是男生宿舍……慢慢地,啜泣变得大声。

这是第几次了,坐在她身旁的裴南阳已经数不清楚。

"其实你伤心什么呢,你们迟早要分手……"

"住口!给我纸巾!"傅薇生对裴南阳大吼,声浪在山谷里轻微回响,像一只想要冲破牢笼的猛兽。

裴南阳皱起眉头。他戴上了耳机捂住耳朵,从小到大他就讨厌别人对他大叫,很讨厌。

"把你的破耳机扔掉!"傅薇生站起身,用力撕扯裴南阳的耳机。当她的手拉扯到耳机线,裴南阳猛然将她推回座位。

缆车剧烈摇晃起来,傅薇生用力捉住护栏,保持身体平衡,才不会从颤颤巍巍的座椅式缆车上摔下去。

"你发什么神经!"傅薇生惊恐地看着脚下的深谷。

"发神经的是你。"裴南阳冷冷地说。

"我告诉你,我们都是一样的!"傅薇生咬牙切齿地说。

"我和你不一样。"

"你比我还变态。"傅薇生冷笑。

裴南阳咬着牙,不再说话。两人沉默地看着脚下高悬的深谷,那山谷像是一片深潭,引诱着人们凝望它,令人感到恐惧。

听说以前是有防护网的,可是据说这里的某种树木是经济型作物,不能阻碍其生长,所以便把防护网撤了,只是给缆车多加了一道安全扶手。

此时车子滑到半山中途站,另一架缆车上了两个登山的徒步者。两人在工作人员的目送下,随着缆车缓缓打了个转,然后无声地再次滑出安全网,爬升向更高的山林。

傅薇生终于再次啜泣起来,阳光照在她泪流满面的脸上,看起来像是破碎的瓷娃娃。

"为什么是我,都不相信我,我做什么都是错的……她就做什么都可以,女主角也是她,她根本不需要啊,她已经有大把的机会了……可是我需要啊!"傅薇生念念叨叨地说着,眼泪止不住地从眼眶滚落。

"为了吉赛尔这个角色,我也准备了一年,每一次训练我都来……我好不甘心啊,裴南阳,我不甘心就这样毕业……我本来想好了,要让我爸来看我演出,我要让他们看看,我不用他们也能活得好好的……"

裴南阳已经闭上眼睛,他努力镇定下来,把自己的一切听觉收藏在耳机里。

下一秒,傅薇生已经紧紧抱住了裴南阳,眼泪顺着脸颊滴下来,直接滴向幽深的山谷。

"你到底要我干什么?"

"你要帮我……如果不帮我……你知道,我什么都会说出去……"

裴南阳叹了口气:"你要我怎么帮你?"

"什么都好……上次陶雅桥不就是因为在课间吃了点有杞果的蛋糕,然后在你店里晕过去的吗?"傅薇生抬起头来,望着裴南阳。裴南阳不可置信地看着傅薇生,这真的是他第一天认识的傅薇生吗?那个扎着马尾,在阳光下散发着浓浓香气,充满希望地看着桥另一边的女生吗?此时她的眼泪花了妆容,溶化的睫毛膏让她变成一脸黑色的悲伤而恶毒的小丑。

"我跟你说哟,因为我知道了你的秘密,所以你必须,必须和我在一起,直到我放你走为止,知道吗?"傅薇生喃喃地说着。

"直到我放你走为止……"

傅薇生轻轻靠在裴南阳肩头,在他的手心上,用手指一点一点画着图案,阳光把手心照得发烫,傅薇生的手指尖却凉凉的。

裴南阳转过头,避开即将进入夏季的灼热阳光,那阳光照在他的瞳孔里，像火一般炽热。

"醉梦溪……"他低声说。

"嗯?"

"醉梦溪……为什么叫醉梦溪呢?"他问，看着悬空的脚下那条流向遥远的溪水，像是自言自语。

"你说什么?"傅薇生不解地抬起头看着裴南阳。

"没什么，反正汇入大河，也没了自己的名字。"裴南阳低声说。

傅薇生静静地靠着裴南阳，闭上了眼睛。他是她唯一的同伴，自从发现了他的秘密之后，她便明白只有他没有资格嘲笑她，只有他愿意陪她一起上茶山，去茶山顶上的墓园看她去世的母亲，那里是她的圣地，那里属于她和母亲，还有所有为了挣脱命运而付出痛苦努力的人。

而对于陈子谦，她一点也不心疼，当初和他在一起也是为了他家里在演艺圈的关系，现在自己也能想办法进演艺训练班，分了便分了，反正和他在一起的日子里，也无聊得要死。

从来，溪水的目的地就是大江大海，即使遍身污泥，也要去见一见广阔世界。

她把裴南阳的手臂揽得越来越紧。

第九章

Summer Berry

我们活在这个世界上，也没有经过我们
的同意啊。

·12·

陶雅桥在开剧社例会时又迟到了。

还有一个月就是公演日,剧社里所有人都在忙着各种准备事宜,排练室已经被各种服装、道具堆满,莎莎此时成了最忙的那个人,初成型的服装需要给演员试穿,连傅薇生也被叫回来帮忙。

"向大家介绍一下,那个'金小姐'也会来参与哟。"学长一脸谄媚地陪着那个电视台熟脸女演员走进排练室。那是陈子谦的堂姐,她在电视剧里的常驻角色叫作"金小姐",人物设定是个温柔贤惠的公司秘书。此刻她仍然带着那种在电视剧里浸淫已久的假笑,对着每一个人点头微笑。

"辛苦大家了,为了支持堂弟,我决定利用拍摄空闲,来帮忙扮演女主角的妈妈。"她的笑容愈发盛放开来,"我是很支持小朋友们的创意,所以今天刚好两场戏之间有点休息时间就过来试个妆。"她转头亲昵地对着文倩,后者也顺势挽住她的胳膊。

"对了,前两天我去录外景节目,你们这一片区的民警跟我说啊,你们学校捉到个色情狂,专门偷女生内衣,女孩子家一定要小心,排练别太晚啊。"女演员亲切地说着,仿佛是要把所有人的注意力集中到她身上。

而傅薇生的内心却翻滚着女演员刚刚说的话,她演女主角的妈妈?等一下,那个角色不是早就被删了吗?本来不是应该由她傅薇生演的吗?看着文倩一脸神态自若,莎莎从大行李箱里拿出一套华丽到犹如山雀的新旗袍……傅薇生的脑子像一下子被什么炸了。

怎么可以这样!只有我不知道吗?全世界都在看我笑话。

假笑女演员突然一下子走到傅薇生面前,热情地搓磨着她的肩膀:"我记得你,你是演我的女儿吗?真好,我能有个那么漂亮的女儿。"

傅薇生尴尬地任由她搓磨着:"我不是……"

"薇生,能不能麻烦你先试穿一下雅桥的戏服,我们要拍张母女定妆照,潇潇姐等一下还要赶回电视台呢。"文倩说。

"真是不好意思,麻烦你了。"女演员拍了拍傅薇生的脸蛋,然后一下子走到莎莎刚挂起来的旗袍前,发出了夸张的惊叫,"哇!真漂亮!真的是你亲手做的吗?"

莎莎红着脸点点头,帮女演员穿上旗袍。她还继续惊叫着："很漂亮了,但腰部还能再紧一点,松松垮垮的在台上没那么好看,那个年代大学女生的妈妈也很年轻的,我觉得曲线可以再明显一点,这个衩可以再高一点,舞台效果嘛,对吧文倩?"

文倩走过来,脸上带着她所不熟悉的谄媚。毕业后文倩回到学校传媒学院做助教,眼线画得也不那么锐利了,这使得她的眼神总是带着一丝疲惫。文倩细心帮女演员整理了一下耳边的头发,小心翼翼地说："是的,那个年代的妈妈也就不过三十多岁,加上保养得好,我又改了一遍剧本,把你的那条故事线加强了一点,加了一场独白戏,等会给你看看好吗?"

"对对对,我之前就觉得对这个人物的心态表现得不够,其实这样一个角色内心应该是非常复杂的,如果仔细刻画会非常好看。对了,我最近在练印度舞,你看看要不要再加一段独舞的戏。"女演员睁大眼睛,认真地扑闪着假睫毛,近看,脸上细细小小的沟壑里填满了白白的粉末。

什么乱七八糟的,还印度舞!每个听到的人心里都在翻白眼吧。可文倩却一脸认真地点头："我觉得可以试试,我来想想怎么加。"她又伸手整理了女演员另一边的头发,然后退后一步仔细打量,赞赏地点点头："莎莎,拍照时帮忙夹一下腰线,裴南阳你也来帮一下忙。"

"陶雅桥来了吗?"学长大声问,"谁打个电话给她!"现场一片静默。

仿佛是为了缓和气氛,女演员特意走到学长面前,拍拍他的肩膀:"小毕,我上次跟李导说了咱们学校的公演,李导答应了一定会来看。他还记得你呢,说你以前在学校剧本写得不错,他说到时候把他们监制也带上,好好表现啊。哎哟,好看呢!"女演员转过身,发出雀跃的声音。

原来傅薇生已经换好旗袍走进排练室,一头乌黑长发垂在胸前,旗袍像是量身定做似的。本来傅薇生和陶雅桥的身材就相似,陶雅桥略微瘦一点,但傅薇生的身材撑起旗袍,反而更添几分风情。

"哇,美女女儿,我们来拍照吧。"女演员对着傅薇生露出笑容。陈子谦没好气地转过脸去。

两人走到简易黑布背景前,摄影部的学生已经架好相机,一阵"噼里啪啦"的快门声过后,谁也没有留意大门被推开的声音。

也不能怪大家,毕竟轮椅的声音比起脚步声更为静默。

最早留意到门口的,还是眼观八方的"金小姐",她率先发出尖叫声。

所有人都回头望向门口，看见了姗姗来迟的陶雅桥。

此时的陶雅桥像个破损的娃娃一般，她坐在轮椅上，左脚缠着厚厚的纱布，头上也包扎着纱布。长发在纱布后散下来，萎靡如乱草，失去了平时华丽的波浪感。嘴唇格外苍白，旁有一道血痕，更显得诡异。

"天哪！"女演员再一次尖叫起来。

傅薇生迅速地看了一眼裴南阳，他呆呆地盯着陶雅桥。

陶雅桥面无表情，微微对着大家做了个鞠躬的姿势。

"对不起，是我不小心，从楼梯上摔下来了，医生说要休息三个月，所以很抱歉，我恐怕不能参加公演了……"陶雅桥冷静地说着，仿佛在说着别人的事。

"这怎么行？我们准备了一年多，你可真会搞事情！"文倩脱口而出。

"对不起……怪我不小心……"陶雅桥再次鞠躬。

傅薇生死死地盯着裴南阳，一脸不可置信的样子。而裴南阳也回头看了一眼傅薇生，却迅速躲开眼神。

"我有一个提议……我觉得这个角色可以让傅薇生同学试试。以她的能力，还有一个月时间，排练是来得及的。"陶雅桥轻声说。

傅薇生把聚集在裴南阳身上的目光，缓缓移开，面向大家。此时她穿着精心缝制的华丽旗袍戏服,头发乌黑如绸缎,唇红齿白,正像一个风情万种的民国女子。傅薇生愣愣地站着,不知该说什么。

"我觉得行。"女演员先发话了,"小毕,这段时间就辛苦你单独训练她,一定要下苦功,到时候很多前辈要来看的。至于戏份方面,我可以多分担一些,文情把剧本再磨一磨,一定可以的。"

"就这么定了! 大家要行动起来了!"为了赶时间,女演员拍了拍学长的肩膀。众人都动了起来,虽然不知道具体要做些什么。

陶雅桥坐在轮椅上,仿佛一座破碎的雕像,冷冷俯视着苍生,所有人的心机诡计,世俗欲望,都被她看穿了似的。傅薇生隔着人群,与陶雅桥的目光相触,陶雅桥的眼神一如既往清冷空旷,在白色纱布的映衬下,更显得毫无内容,这使得傅薇生不由得一阵恐慌。

她都知道,她什么都知道!

她的事故不是意外,一定不是,一定是裴南阳做的,他在帮我!

傅薇生突然被莎莎拉开,开始在她的身上度量尺寸,她像一个任人摆布的娃娃,只是死死地盯着陶雅桥。

陶雅桥却没有再说什么，也没有人再上前围着她，她艰难地用手将轮椅转向，然后慢慢驶出排练室。一个没有用处的女主角，唯一能做的就是离开，不要在这个凝聚了许多人期望的公演中再添乱了。

她的长发因为枯槁，所以显得格外轻盈，只是转身的动作，便能吹拂起来，又落下，像是一树无人整理的落叶。

傅薇生没有想到，最后的胜利竟然就这样属于了她，一夜之间，毕业公演的女主角就成了自己。

好几次，傅薇生想亲口问问裴南阳，但每一次当她的目光对上他的目光，他便迅速逃离。此时他正在弹着那架角落里破旧的钢琴，在纸上写下一行又一行的乐谱。

而她只好踮起脚尖，对着镜子重复着芭蕾舞最基本的那些舞步，Demi pile、Releve、Tendu、Jete……分别是半蹲、立起半脚尖、脚尖擦地、小踢腿……耳旁传来莎莎的问询："这样可以吗？裙子会不会太紧？鞋子还合脚吗？"

但她听不见，她在镜子里见到自己努力挣扎着，她做的很差吧，比起陶雅桥就像一只丑小鸭。对陶雅桥来说，这一切一定轻而易举吧。

在一个失败的踢腿半圈后，她摔在了地上。摔倒并不疼，而且，赝品通常是塑料做的，怎么摔也摔不坏吧。

"对不起！是不是裙子太紧了?"莎莎一脸歉意地上前想要扶起她。

"不会不会,我会好好练习的,这个月麻烦你了!"傅薇生用手撑住地。

"你没事吧?"陈子谦上前拉起傅薇生,一手揽住了她的腰,在她耳边低声说,"不用担心,我姐会把你的戏减到最低,剧本本来就很烂,现在会更烂,祝你演得开心。"他放开手,她失去平衡又是一个踉跄。陈子谦理也没理,扬长而去。

裴南阳冷冷地看了一眼,钢琴声也没有停下。

傅薇生拍了拍屁股。她才不在意呢,在她行进向前的路上,绝不会介意任何小小的阻碍。她若无其事地走到裴南阳身后,无视众人一般,亲昵地拍一拍他的肩膀,然后凑上前,在他的耳边说:"谢谢你。"

裴南阳一愣,钢琴声戛然而止,他惊讶地抬起头看着傅薇生。

· 13 ·

转眼到了6月中旬,夏天就轰轰烈烈起来,学生们的毕业论文也交得差不多了。

其实对"国际经济与贸易"这种模棱两可的专业来说，也没什么特别的论文要交。只要考个不上不下的成绩，做足社团学分、实习学分，基本上就能顺利毕业。

一辆黑色老式奔驰在校门口停下，司机下了车从后备箱拿出了轮椅，打开后座的门，将陶雅桥搀扶到轮椅上。她看起来像一个任人摆布的布娃娃。

直到车子驶走，布娃娃终于自己动起来，手推着轮椅缓缓进入校园，白纱布反射着夏天高强度的阳光，裙摆下光裸纤细的左腿，也因为那层纱布的包裹而显得愈发明亮。这就是陶雅桥，即使被裹成半只木乃伊，也总能吸引所有人的目光。

轮椅驶到行政楼下的轮椅通道，那里因为正在修理地下管道，用简易木板在凹凸不平的地面搭了条小路。轮椅一下子被卡在木板中，她臂力有限，只能用力推动轮子艰难移动。

路过的学生看着陶雅桥努力推动的样子，没有一个人出手相助，毕竟她太耀目了，耀目到有可能会灼伤别人。当然，还有别的传闻让他们止步。比如她生了病，一用力就会不停大喘气，然后就会流鼻血……反正就是一个脆弱的残破瓷娃娃。

直到陶雅桥腿上的小纸扇掉在了地上,终于有人捡起纸扇,递给陶雅桥。

　　她抬起头,是戴着耳机的裴南阳。他面无表情地握住轮椅把手,将她推出修理区,一路向着行政楼电梯走去。他已经看到她手上透明文件夹里的论文,知道她是去系邮箱投递毕业论文的。

　　"不用麻烦……"陶雅桥小声地说。

　　"不会麻烦。"裴南阳截住了她的话。

　　电梯来了,他把她推进电梯。门关上后,狭小的空间里就剩下他们两个。镜子映出两人的脸,气氛像被突如其来的空调冷气凝固了似的,她身上那股好闻的香水味就这样慢慢弥漫开来,清幽的,气若游丝,但在冷空气里,不知怎的,就像被吹鼓的气球,将空间完全塞满,好像下一刻就要爆炸。她深深吸了一口气,仿佛是在平息自己跳动过快的心脏。

　　所幸电梯门很快便开了。

　　裴南阳推着陶雅桥走向系邮箱,阳光透过走廊窗户洒进来,一明,一暗,再一明,再一暗。两人脸上皆有斑驳,都不言语。最后陶雅桥纤细的手将论文投入邮箱。"可以了,走吧。"她说。

　　"等等。"他走开,原来是走到旁边的饮料贩卖机,买了一瓶冰水,递给陶雅桥,他看见她身上早就出了薄薄的汗。

"那个……Billie Holiday 的事,对不起。"接过冰水许久,她说。

"我从来没有怪过你。"

"其实若你有麻烦,我愿意帮你。"陶雅桥细微的声音让人听不清。

裴南阳沉默。

"我说真的。"

"不用。"裴南阳推起陶雅桥,向前走去。

在电梯里,陶雅桥突然问裴南阳:"你为什么总是戴着耳机?"

"我讨厌大声。"

"什么?"

裴南阳补了一句:"我最讨厌别人吼我。不过你不会。"

他伸手,摸了摸陶雅桥的头顶。

一走出室外,下午的燠热像一层油膜似的,迅速将两人包裹起来。

裴南阳一路推着陶雅桥到了大学门口。大概是大三的学生差不多交完了期末功课,准备放暑假,而大四的学生都在准备考研或是找工作的事情,又或只是因为天气太热了,校门口冷冷清清。

"这样就毕业了啊。"陶雅桥突然说。

"毕业之后打算干什么?"

陶雅桥摸了摸受伤的左腿,耸耸肩。

"不过,你家人一定帮你安排好了吧?"裴南阳没话找话似的试探着。

陶雅桥突然失声笑了出来,看起来显得天真烂漫。她抬起头,由下而上望向裴南阳:"你呢?"

"继续读书,去读音乐吧。"裴南阳回避了陶雅桥的眼神。

"真的吗? 真羡慕你啊。"陶雅桥又低下了头,"不知道Billie Holiday 过得怎么样?"

"Billie Holiday?"裴南阳有些摸不着头脑。

"对,逃走的 Billie Holiday,一定很自由自在吧,不用被人逼着孵蛋,想爬去哪儿就去哪儿。"

"可它是毒蛇耶。"

"毒蛇就没有自由活着的权利了吗? 如果它天生有毒是一种错,那为什么要被创造出来,存活在这世界里呢?"

裴南阳低下了头:"我们活在这个世界上,也没有经过我们的同意啊。"

陶雅桥突然轻轻拍了拍裴南阳扶着轮椅的手,她的额头渗出微微汗珠,手却是凉凉的。她迎着毒辣的阳光,对他展露了一个笑容。

裴南阳推着陶雅桥的轮椅走在无人的人行道上,突然越推越快。

"干吗!"

"有风凉快些。"

越推越快,最后飞奔起来,陶雅桥的长发也飘了起来。

"你要去哪里?"

"随便。"

"随便是哪里。"

"随便就是你推我去哪里,我就去哪里。"

就这样一直跑到"水木月",餐厅还没开门。裴南阳拿出钥匙推开彩色玻璃门,把陶雅桥慢慢推进去。

轮椅够不着居酒屋吧台的高度,陶雅桥对着裴南阳做了个张开手臂的姿势,裴南阳一愣,把她抱上了高凳。陶雅桥的脸上还是红红的,大口喘着气,脸却是笑着的,一头栗色长发被薄薄汗珠微微黏住,曲卷着垂在脸旁。

"抱歉啊,现在还没有开始营业,开不了冷气。"裴南阳说。

"这样挺好。"陶雅桥拿着纸扇子扇着空气。

"我给你弄杯冰的吧。"裴南阳一转身进了吧台里,开冰箱拿了草莓果酱和冰块,又开了瓶益力多和七喜,倒在一起,最后洒了几滴乳白色的炼奶,又切了几片草莓放在上面,一杯浅浅的粉红色呈在陶雅桥面前。

"这是什么?"

"Summer Berry,我发明的新特调。"裴南阳骄傲地看着她。

第十章

陌生人

原来拥抱就像盛夏的阳光照在皮肤上，
原来是这样啊。

·14·

陶雅桥喝了一口，皱了皱眉："有酒味?"原来那几滴白色炼奶是百利甜酒。"不好喝?"裴南阳有些失望。

"好喝啊。"陶雅桥大口大口喝了起来，喉咙小巧地上下摆动，她在下午临近黄昏的光晕中，像一只低头饮水的受伤的鹿。

裴南阳愣愣地看着她。

她一口气喝了半杯，这才平息了喘息，半咬着吸管看着裴南阳。

"干吗?"

"什么干吗?"

"今天为什么请我喝东西。"

"庆祝啊。"裴南阳腼腆一笑。

"庆祝什么?"

"庆祝我要走了。"

"走?"陶雅桥的心情一下子沉到谷底。

"我收到了 offer，英国……"

"……皇家音乐学院!"陶雅桥忍不住叫起来。

裴南阳摇摇头:"没有那么厉害,那个考试我都考不起,是另一所,不过,他们会给我一笔奖学金……"

"恭喜你啊!"陶雅桥一时间不知道该不该开心,为什么偏偏是英国?如果是美国,如果是美国该有多好……不,其实根本没有也许。

她想起妈妈最近发来的那封措辞强硬的邮件。

> 亲爱的宝贝,你不能荒废时间准备毕业公演了哟,妈妈希望你赶快把英语能力再提高一点,把毕业论文交了之后就告诉妈妈,妈妈帮你买机票过来。这里的学位也安排好了。
>
> 妈妈虽然很想看看你在舞台上的样子,但更希望你的人生之路更加成功。
>
> 妈妈期待你过来和弟弟一起生活。加油女儿!

想到这,陶雅桥轻轻把纸扇抵在额头上,每当她要决定"算了,放弃吧"时,她都会这样做。长大这些年,她已经数不清有多少次对自己说过"放弃吧",因为她能够拥有的一切,早就被安排好了。所以她干脆自己跳下楼梯,把脚扭伤了,算了，反正总是要放弃的。

"你也喝啊。"陶雅桥把那杯Summer Berry推给了裴南阳。裴南阳拿开吸管，喝了一口，嘴上沾着一层白白的奶泡。

陶雅桥失笑，抬起手摸了摸裴南阳的嘴角，然后舍不得放开，一点一点摸向他的后脑，慢慢向自己拉近，隔着一个木制吧台的距离，隔着一杯粉色饮料的距离，也像是隔着一整个刚刚逝去的大学时光。

最后一道能穿过彩色玻璃窗户的顽强夕阳，正好照到轻轻两片相碰的嘴唇上。

"砰"，在陶雅桥心里，像是小酒杯终于相碰，像是终于和自己说了声"干杯"！

夕阳一点一点下移，最后终于失去力量似的，再也无法穿透玻璃。

"我要回家了……"陶雅桥突然像断了线的木偶一样垂下了头。"抱我下来吧。"她小声说。

裴南阳默默地绕出吧台，走到陶雅桥身边。抱她的时候，他想起小时候和他相依为命的那只猫。在那些爸爸对他和妈妈嘶吼的夜晚，他缩在房间里，抱着那只叫作"花花"的流浪猫。

"花花"也是一样，永远那么瘦，喂它再好的猫粮，它都只吃一点点,好像担心自己吃再多,都是不属于自己的福分似的。

那天晚上他抱着"花花",耳朵里传来那些噪音让他实在受不了,于是他打开临街的窗,把"花花"往窗外一推。

走吧,别回来了。

过了几天,在家门口的马路上他看见了"花花"被压成一张纸般的尸体。三维的"花花"变成二维的,风干之后连苍蝇也不肯来。他是通过它脖子上戴着的小花棉围巾认出它的,那条小花围巾是妈妈亲手织的。

其实从认出"花花"尸体的那一刻,他就明白妈妈也放弃了,否则妈妈肯定不会任由"花花"就这么躺在马路上。现在妈妈回了外婆家,只剩下戴着小花围巾的"花花",被印在了家门口的路上。

他是在那时候开始,习惯了戴上耳机的世界,在那个世界里,所有的嘈杂、嘶吼声都与他无关。他在爸爸面前温顺得像只小猫。

在帮妈妈收拾衣柜的那日,他偷偷留下了一条真丝睡裙。在那光滑的世界里,一切都是柔软的、明媚的、带着幽幽芳香的。

如无必要,他可以永远戴着耳机,以此掩盖住他最大的懦弱。

　　陶雅桥那软软的栗色头发,摸起来和"花花"一样,她瘦弱如纸一样的身体,让他一闭眼就想起那片红红白白的风干的血肉,心就开始痛。

　　把陶雅桥放回轮椅的时候,她紧紧地挽住了他的肩膀,头靠在他的胸前,但也只是任性地停留了几秒,便顺从地下滑到轮椅上。

　　对于要回去这件事,在她看起来疲惫非常。

　　裴南阳目送着陶雅桥被搬上那辆黑色奔驰,车行之前,她降低车窗玻璃,对着马路对面远远的他做出那个手势,两根大拇指交叉,其余手指在两侧成为飞翔的羽翼,那些呼扇着的羽翼,像打招呼,又像告别。

　　你自由了,去吧。她在心里说。

莎莎：

我想我懂你的意思。

我们每个人，都为傅薇生的死增加了很多理由。我们谁也没有想到，我们在为自己的未来努力的同时，把所有压力都推向了她。

我还记得公演前一晚的深夜，我去偷拿配乐CD，无意中看见傅薇生一个人在排练室里练舞的身影，我知道她已经很努力了，却还是做得不好。距离公演没几日了，她的压力到了极点，我也是懂的。

但是，那么努力的她为什么要偷走戏服，然后穿着在公演前夜去山顶？这不是很奇怪吗？

那么多疑问，我们都选择了逃避，因为我们不想面对是我们把她变成这样的责任，对吧？莎莎。

过段时间我打算去山上探望薇生，你会来吗？我会把这一则消息设定为"forward to all"，就是提醒所有人看，不过不知道大家会不会收到电邮提醒，更不知道大家会不会来。

前段时间，我回了一趟大学本部，学生街的很多餐厅都变了，整条街我都差点认不出了。但转角的"水木月"还在，听说虽然换了老板，餐点的价格也还是很优惠。我去点了份鳗鱼饭，味道还是没变。

缆车现在也重新开了，听说游客也多了。还有醉梦溪边的古希腊剧场，现在已经变成雕塑系的作品陈列区，里面有尊黑色大理石雕塑，形状是个望向远方的女子，样子有点像傅薇生呢。

对了，河边多了一块牌子，上面写着"小心毒蛇"。

你知道吗？

我无数次在噩梦里出现这样的场景，那夜，她在流血不能动弹的时候，血腥味吸引了草丛里的蛇，当蛇接近她时，她不能逃，也无法呼救……最后她慢慢变成黑紫色，失去眼睛、鼻子、嘴巴，慢慢变成一滩血影，黏在雪白的大理石的地面上，怎么样也洗不干净。

她一定希望我们能去看看她，你会来吗？

那个"531"又在论坛里发帖了，你是"531"吗？我相信不止我一个人想念着傅薇生。

希望到时能见到你。

陶雅桥

2018年6月29日

· 15 ·

店里终于打烊, 我从酒吧露台收走了最后一个烟灰缸。

现在是凌晨3点半, 这城市的酒吧区也开始展现疲态, 路上的霓虹灯蒙着宿醉的灰暗, 红不那么红, 绿也不那么绿, 安静地闪烁着。街上有人喝醉躺卧, 像是空城里的横尸。

我看了看手机, 收件箱显示没有任何新邮件。

一个放弃了自己的人, 怎么可能不被这世界放弃? 在这里工作满两年, 我的妆越来越浓, 睡觉的时间越来越晚, 烟越抽越多, 只求一死, 这样对我来说是最好的结局。但在死前我想得到回应, 即使是同情也好, 怎么样都好, 只要能得到回应, 只要能说出内心的话, 就好。剩下的, 交给上天。Whatever。

我对着露台角落一个小小的神龛双手合十, 那里供奉着当地的土地神, 据说这尊土地神是以前在这栋楼烧炭自杀的独居老妇人, 每夜打烊收拾露台, 我都会和老妇人打个招呼。

"标哥, 我走了。"我洗干净抹布挂好, 用消毒洗手液洗完手, 镜子里那个戴着紫色假发的女人经过一整夜工作, 看起来就像是一团抹布。我正准备拿起垃圾袋去扔,看见酒吧角落仍坐着一个男客人。我望了望标哥,他给我递了个无奈的眼神。我只好臭着脸走到客人面前。

"不好意思,我们打烊了。"

那客人抬起头,看了看我:"我知道啊,我一直在等你下班。"

这人五官很眼熟,凑在一起却怎样也想不起来他是谁。也许时间能改变一个人的容貌,但无论如何,我记得那个眼神,我想,我需要一点时间去回忆起来。

"有空吗,如果不困的话,附近有24小时咖啡店,去那里坐坐可以吗?"他说。

我觉得没什么问题,反正回家我也睡不着。

离开酒吧时,标哥看了看我们,我冲他点点头,比了个"OK"的手势。

快凌晨4点了,酒吧街许多店也都关了门,我选了间有露天座位的24小时咖啡厅,开始一根接着一根抽烟,我要努力回想起他是谁。

"你以前不是这样的。"他看着我。

"等我抽完这根烟,应该就能想起你是谁。"我漫不经心地说。

"不用想得那么辛苦了,我是毕然,记得吗?《吉赛尔》。"他满怀期待地盯着我。

回忆一下子涌出脑海,当时那个胖胖的,总是做假好人,圆滑的,却又总是强颜欢笑地鼓励大家的学长。他瘦了很多,下巴和唇上蓄着胡子,显得下颚线条更加锐利。只能从眼睛和鼻子看出当年的模样。和当年的意气风发相比,现在的他显得落魄而颓废。

"后来我去了加州读书,然后留在那里工作,最近才回国,在弄个纪录片的项目。"简短的自我介绍后,他问,"你呢?你还好吗,陶雅桥?"

我定定地看着他,从他口中说出这个名字,让我坐立不安,为了掩饰紧张,我用力抽了一口,然后把烟屁股狠狠捻在烟灰缸底。

"你认错人了。"我说。

"你是陶雅桥,大学毕业后,你去了别的城市打零工,但很快你就走了,之后就再也没有你的消息。"

"你认错人了。"我坚持。

"好吧,那能告诉我你是谁吗?"

真是讨厌,那么多问题,我站起来,不耐烦地撕扯着深紫色假睫毛。

"干吗,大半夜来酒吧泡妞吗? 那么多问题。"

"我送你回家。"他说。

我懒得理他,这时候只觉得肺部一阵灼热,剧烈咳嗽起来。最近咳嗽的频率增加许多,每次都是掏心掏肺鼻涕眼泪一起流,实在糟糕透了。

他给我递了纸巾拿了水,我走不了,索性半瘫软在卡座上,放弃抵抗。

"为什么还要在酒吧工作,身体吃得消?"

我大口喝下一口冰水,总算压下了又一阵咳嗽。

"在酒吧工作也不一定是份很差的工作。"我清了清喉咙,朝他递去一个不友好的眼神。

毕然看了看我咳得发红的眼眶,露出了不相信的眼神,我也不想管他那么多。此时,我感觉假发边勒得头很疼,胸罩箍着胸腔,高跟鞋把脚踝硌出红印。但这些痛同时压住了身体内部涌出的痛,这样很好。我一口接一口喝完冰水。

"你家在哪? 我送你回去吧。这一带之前发生了骚扰案,不太安全。"他看了看手表。

"有吗? 我怎么不知道。"我不屑地说。

"不是所有案件都会被媒体曝光。"毕然认真地说。

"那你是怎么知道的?"我凑到他面前,用单纯且懵懂地眼神看着他。

"我在跟着地方警察局拍纪录片。"毕然的目光变得严肃。

"原来如此。"我强撑着站起来,"我讨厌警察,再见。"

"为什么?"他扶住我。

我翻了个白眼,那么多为什么,这一切真的重要吗?"你很烦。"

"为什么讨厌警察?"他再问。

"他们没用。"我说。

"是不是在你心中,没有全力以赴去做一件事情,就是没用? 这样的话,我也没用,你也没用。"他苦笑着说。

我用尽全力挣脱开他的手,在离我最近的一个座位上无力地坐下来,又掏出一根烟来点火。

"很多时候,我们根本没用力,就放弃了,这就是没用。大多数时候,我们在一条错误的道路上用力奔跑,这也是没用。"我弹了弹手上的烟灰说。

"你以为别人没有努力就放弃了,但也许对方也是用尽了全力,才有了现在的结果呢。"毕然走到我身边,蹲下身,想要捡起我刚刚在站起身时掉落的唇膏。

但他没有起身,蹲着定定地看着我的脚踝,那里有一条黑色蛇形文身。

"你知不知道盯着别人的腿看很没礼貌。"我缩了缩脚。

"这纹身……是为了遮盖疤痕的吧？当时公演前,你右腿骨折……"毕然抬头望着我。

我挣扎着站起身,从他手中抢过唇膏,跌跌撞撞地向门口走去。

"喂,都说送你回家啦!"他走上前,拉住我的手。

"你再这样我报警。"我厌恶地看着他。

"不是说讨厌警察?"他问。

"神经病!"我尽力挣脱他的手,转身跑走。

"最近怎么不发帖了,531?"他突然在背后大声说。

我愣在原地。

我的出租屋乱七八糟,但我相信这个死都要跟着我回家的男人不会介意。他在挪开了地毯上的一堆衣服之后,终于坐下来,用他那双犀利的眼睛看着我。

"你对傅薇生的事也很有兴趣吗?"我点起一根烟问他。

他仍然仔细地看着我,我被他的眼神盯得发毛。

"为什么叫531?"他问我。

"不为什么……我带你回家是想和你讨论讨论这件事

的,其他的你最好给我闭嘴,不然即使我再讨厌警察,也一样会报警。"

"好吧。"他靠在沙发上。我不得不说他真的变了很多,当年那个老好人胖宅男,现在的侧脸简直有点小田切让的意思了。也不知道他经历了什么,比起曾经的他,现在他眼里的光好像熄灭了,如果说当年那个才华横溢(至少在老师眼中)的学长眼睛里的光芒叫作梦想,那么现在,熄灭了光芒的他看起来更加真实。

我不确定在昏暗的房间灯光下,我看起来如何。如果这是一场艳遇,对象是他好像也不错。这十年以来,我好像早就和男人绝缘了。

"要抽烟吗?"我问。

他从我手里接过烟,礼貌地道了谢,他抽烟的姿势非常狼狈,用力而深吸,像他这样抽法,我的小细烟几口就能见底。

"很想抱抱你。"他掐灭了烟,突然这样说。

我一愣,忘了去想他说这话的意思,记忆中已经很久没有人跟我说过这句话,也很久没有人接近我,我忘记了人与人接触时的温度。

他没有等我反应过来,就抱住了我。我本能地想要挣扎,却在那个瞬间痴迷于皮肤触碰时的感觉。原来拥抱就像盛夏的阳光照在皮肤上,原来是这样啊。

当我还在想接下来我该怎么办时,他突然松开了我。

"你不是陶雅桥!"他在我耳边说,然后他轻轻捉住我的脚,看着上面那条黑色蛇形文身。

"陶雅桥当时腿并没有受伤,她是装的。"他说。

我低下头,不敢看他的目光。

终究还是躲不过啊。

第十一章

六月台风

　　它们仿佛某种蛰伏已久的远古巨兽,受到这些声音的感召,狂奔而来。

莎莎：

　　我一直没有等到你的回信，不禁有些为你担心。

　　我从新闻看见欧洲好几个城市最近都出现了恐怖袭击，你还好吗？还安全吗？尽量不要去人多的地方啊。我只是瞎操心，毕竟我没有去过欧洲。

　　后天就是7月3日了，你真的不回来看看大家吗？真的不和我们一起，去看看山顶墓园里的薇生吗？即使你再不喜欢她，再不喜欢我们，事情已经过去十年了。今年三十二岁的你，应该有许多事情都释怀了吧。

　　以前的你，遇见事情总会躲在后面，从不第一个发表意见。但我知道你内心是个很有主见的人，还记得毕然学长跟你说了一堆乱七八糟、天马行空的服装设计要求，我们全部都听得云里雾里，只有你一直点头，没有说话。

　　之后你闭关工作了一个星期，等你如期交服装设计稿时，大家都被画册里那些美丽的衣服吸引了，你为每一个角色设计了一种动物的剪影，手工绣在戏服的腰部位置，大片纯色的与戏服的颜色呼应，真的很有视觉冲击力。你告诉大家，古希腊剧场是白色大理石背景，所以你会用鲜艳的颜色去强调舞台上的演员。

　　也就是那次，大家对你刮目相看，我还记得文倩说了一句"果然不愧是读机械工程的"，你的设计稿一丝不苟，让所有参演的演员都非常兴奋，大家还说，表演结束后一定要留下戏服作为收藏。

我还记得我的那一件戏服，腰部位置绣着一片麋鹿的侧影，全白色线填充。当时我问你，为什么"吉赛尔"这个角色是麋鹿？你告诉我，麋鹿的悲剧色彩在于，由于长相高贵而总是被人猎杀，明明是群居动物，却因为数量稀少，而总是孤独而行，找不到同类。这是一种非常温顺、渴望融入团体的动物，却又总是受骗而成为猎物。

你这样说着，导演带头鼓掌，把整个气氛都破坏了。我们心里都知道，你是用心设计的。像你那么有才华的设计师，为什么毕业后完全没有朝着这个方向发展，而是留在学校做图书馆管理员？我听说你们系的几个同学已经进了知名的大公司设计手机或是家具，有好几个曾接受杂志采访成为荣誉校友，而你呢？为什么要放弃自己的梦想，仅仅是因为你喜欢裴南阳吗？

爱一个人究竟是一种什么样的感情？为了年轻时盲目的爱，究竟可以放弃多少东西呢？

可惜的是，公演之后那批服装因为傅薇生的死而被大家认为是不祥之物，没有人再碰它们，全部丢在仓库里。

前段时间我回了趟学校，驻校社团老师告诉我，他们在排练室大沙发下面发现了那批服装。当然，唯独没有女主角吉赛尔的那件。你也知道为什么，薇生死的时候正穿着那件衣服。

难道真的是薇生把戏服藏起来的吗？可她本来就是女主角，为什么要那么做呢？也许她是为了不让公演顺利进行？可是又为什么死时穿着那件衣服呢？

莎莎，难道你不觉得奇怪吗？一直以来，大家不觉得奇怪吗？

对了，我向社团老师要来了那批戏服，打算在7月3日那天带给重聚的大家，看看有没有人想要留下做个纪念。时过境迁，应该也没有人觉得这是什么"不祥"的物件吧？

你一直不回信，是真的不来吗？不想再看看你当年亲手缝制的作品吗？如果你实在赶不回来，你回国后可以把地址给我，我寄给你。不过时间不多了。我还有件事想要和你当面确认，这很重要，关系到傅薇生到底是怎么死的。还是希望能见到你，这或许是我们最后一次见面了。

请你一定要出现在现场，拜托了！

雅桥

2018年7月1日

· 16 ·

这个城市每到6月,总会准时迎来一场台风。

我一直在等那场台风,这样我终于可以有一整天时间待在家里,不用为了夜晚的工作画上浓妆,我终于变回我自己,那个没有假发、没有化妆,真实丑陋的自己。

但我想,我可能等不到那场台风了。

先是无休止的呕吐,然后变成无休止的咳嗽,最后再呕吐,什么也吐不出来,肺部和胸腔火烧一般绞痛着。我将空调调到最低温,想要冷却这内部的灼烧感。

我很感谢标哥给我这份酒吧的工作,让我能够尚算得体地在这座城市里生存着。每一天,我都会为了这份工作用遮瑕膏耐心地遮盖着那些身体上难看的淤青,憔悴的脸,乌青的黑眼圈……用反光强烈的胭脂填充凹陷的脸颊,至于枯瘦的手臂,我选择穿上长袖衫遮掩。

只有腿还能示于人前,我反复抚摸着那个在小腿尽头的小小蛇形文身,就像反复在和"那个人"对话。

我好想念十年前那个6月的台风天,那个把我们困在房间里的台风天。

那一天,台风还没到最剧烈的时候,有人急切地敲我的门,当我开门时,看见被淋成落汤鸡的她。

她把手中的信件朝我扬了扬,对我说:"你看,我又收到你的信了。"

我当时在想,她是怎么知道我的地址的? 接下来看她拄着拐杖走进来,一下子坐在我的沙发上,沙发上面很凌乱,到处都是杂物。我慌忙上前挪开那些东西,她把拐杖甩开,就这样坐着,湿漉漉的,看着我。

你怎么知道我住在这里? 话还没说出口,突然觉得有些不对劲,盯着她露出的那截光滑白皙的小腿。

"你的腿……"

她站了起来,在我面前转了个圈,轻盈得就像个准备上场的芭蕾舞演员。

我吃惊地张大嘴巴,是的,我刚好从家里的镜子里看见我的脸,我的嘴巴张得很大,像个白痴。

"我从裴南阳那里知道了你住在这,离宿舍很近嘛。"她走近我,离我越来越近。

"你的腿……那么快就好了?"

"对啊,不过你别担心,我不会参加公演的,不需要了,我要谢谢你帮我演这个破女主角。"她的表情很认真,看不出是嘲讽还是真心。

窗外风势越来越大,呼呼地吹着那株玉兰树,树枝有意识地痛苦摇摆着。我不知道该怎样回答她,我想让这风再大一点,好让她快点回家。

"对不起!这封寄到宿舍的信我不小心看了。"她突然举起手中的信。

我一愣。

"其实我也有定期做体检,所以以为是自己的,可是……"她看着我,在小鹿一般的眼睛中,光芒慢慢熄灭了。

我有一种强烈的不祥预感。

我忘了自己是怎样粗暴地夺过她手中的信,然后像个丧尸一样打开那封信。当我抽出那张纸,并在面前打开的时候,愣愣地看了几秒,同时最后一根理智的线也断了。

当时的我万万想不到,"那样的"兼职我只做了一次,那时我真的交不出房租,但我发誓,只有那一次。但是就这样中招了。世界上的事真是可笑啊。

当时桌面上的所有玻璃杯,都被我摔到地上,仿佛连同所有的未来,都这样被我亲手摔碎。

不公平！太不公平了！

当时的我在心中这样呐喊着。

很多年后，当我身在北方海边的小城里，读到那句"她那时还太年轻，不知道所有命运赠送的礼物，早已在暗中标好了价格"时，内心异常酸楚，在那间小小的出租房里，我能看见海，也能在夏季的白天感受到相似的燠热，只是这里再也不会有台风了。

自由是什么？我想不到，我以为能四处漂泊就是自由，我以为能忘记过去也是自由。

我错了。

·17·

水木月。

砰。

"敬热浪剧社。"

清脆的玻璃杯撞击声后，"水木月"里的三人默默喝着杯子里的饮料，啤酒已经不冰了，绿茶也不热了，就连毕然面前的梅酒，也喝得一滴不剩。

"老板，麻烦来一杯Summer Berry！"毕然对着厨房说。

"好。"厨房里的男人这样回答。

"Summer Berry又是什么？"文倩问。

"这里的特调。"毕然淡淡回答。

"没听说过。"文倩耸耸肩。

不一会儿，打工的学生从厨房里拿出一杯粉红色的饮料，毕然用吸管喝了一口，闭上了眼睛，微微一笑，仿佛在品味什么陈年美酒。

"这个好喝吗？"

"和以前一样。"

"以前？以前我也没喝过。"陈子谦一脸疑虑，对着厨房大喊，"那我也要一杯！谢谢！"

毕然低头喝着，不说话。其他两个人也没说话，一时间燠热的阳光穿过彩色玻璃，落在吧台上方的空间里，能清楚看到尘埃飞舞。

"那个……不好意思，我可能要先去接我女儿下兴趣班了……"文倩看了看手机。

"等一下吧，我还想问大家一个问题呢……当年的手串，大家都还留着吗？"毕然突然抬起头。

"啊?"陈子谦和文倩同时一愣。

毕然从地上的背囊中拿出一个老旧相机包,里面是一个旧款放磁带的DV机。他调试着机器,打开屏幕,很快,小小的屏幕上出现了十年前在主题公园的一幕:

那天进入"轮回空间"鬼屋前,所有人朝气十足地一起喊着"Good show",然后画面终止,直接跳到出鬼屋后,陈子谦尴尬地避开镜头,然后再次中断。

画面再出现时,已经是学长对着镜头说为大家准备"团队信物"的时候,文倩得知手串价格后大叫,然后两人你一句我一句地在一旁吵架,剩下的人被陈子谦拉着到镜头前感谢导演……最后还是裴南阳一声"傅薇生呢?"大家才留意到一直没有从鬼屋出来的傅薇生。

之后就是从陶雅桥的书包里发现假蛇的事件,大家都记起来了。

低像素DV机屏幕里,那些年轻的脸,在万圣节的布景灯光下,被照得光怪陆离……

文倩的脸上一阵尴尬,只好快速喝下面前的绿茶,当年她和毕然的一段情,让她以为自己就要接触到梦想,可惜到了最后才发现,所谓的梦想,其实根本与她想要的生活不符。人生还是要实实在在、滋滋润润地过,梦想能让她买上香奈儿的包吗？或者她根本就没有写剧本的天分，小时候的那点成就只是一场小小幻梦而已，她庆幸自己醒得早，现在才能付得起市郊别墅的首期款。

陈子谦却是有些痴痴地看着屏幕里的自己，他也尴尬，这些年他为了演艺事业动了脸上不少地方，一点一点地动，没有大改造，但突然见着十年前，才发现自己已经面目全非了。说起来，谐星要那么帅干什么？他其实早就有点泄气了，但事到如今，也不能不硬着头皮继续下去。

变化最大的还是毕然，那个当年胖胖的一脸好人相的学长此刻像一个老谋深算的使者，要把过去的伤疤赤裸裸地挖出来。

"大家变化真大……"文倩尴尬地说。

"是啊，变化真大，有两个不在了。"毕然说。

大家都不出声了。屏幕里重复着那夜在主题公园的嬉笑打闹声，声音好大，不知道是不是故意放得那么大声，那些嬉笑声像是要从磁带里拼命逃出来充斥了整个现实空间似的，回忆从四面八方涌来。这一刻，那三人似乎能听见一个类似潮水的声音，由远而近。它们仿佛某种蛰伏已久的远古巨兽，受到这些声音的感召，狂奔而来。"水木月"里的这几个人，知道此时谁也逃不了。

"那手串……"陈子谦面露难色。

"没关系,我只是突然想起罢了。"毕然笑笑摆摆手,"突然想起那天因为陶雅桥的事,我一直忘了把那条手串给薇生。"毕然从口袋里掏出一串手串,比其他的纤细,很明显是女生款式。"所以我一直留到现在。"他不好意思地笑笑。

"对了,你们知道,她那天为什么要去茶山山顶吗?"毕然问。"她死的那天。"他补充道。

"她母亲的墓地在山顶的墓园……"陈子谦说,"大概是这样吧……她经常一个人去那里。"

"那天有人和她一起去吗?"毕然又问。

文倩和陈子谦互望一眼,沉默着。

"我想可能有……"陈子谦说,"有可能是陶雅桥……那天我在宿舍里,你知道我们男生宿舍有某个角度能看见缆车,对吧?"

"你看见什么了吗?"毕然紧张地追问。

"其实在夜里什么也看不到……不过我看见陶雅桥的时候是下午,那晚就是公演,我特别紧张,所以一直在宿舍背台词,然后我就看见陶雅桥的背影,她一个人坐着缆车上山。"陈子谦说。

"你怎么确定那是陶雅桥?"

"我不知道,可能是她的衣服? 你知道陶雅桥的衣服,总是长长的……但是她没有拄拐杖……所以我也不能确定……"

"对啊,那时候陶雅桥不是腿摔断了吗? 按理说没有那么快能痊愈吧。"文倩皱起眉头。

"而且最奇怪的是,陶雅桥之后就再也没出现过,毕业典礼也没来,反正什么都好像和她无关。哎,不过她一直都很神秘,那种大小姐的生活跟我们本来也完全没有交集,到了一个时间点,分开就分开,一句再见也不会讲就是了。"

陈子谦一下子说了很多话,这两年他结婚了,老婆也是个自由职业者,所以他更要努力赚钱养家。那些在本土综艺节目上侃侃而谈的日常工作,让他早就放下了偶像包袱。

"其实,我也发现了一件很奇怪的事……"文倩突然说。

她低下头,从大大的名牌手袋里拿出一团被透明保鲜袋和纸巾一层层包裹的物体,她慢慢打开露出来的暗红色钢笔。那支钢笔看起来有些旧,但仍然有着非常沉稳的光泽。她似乎对这支笔非常珍视,但直到最后当毕然和陈子谦看到她用两层卫生纸捏着笔时的表情,与其说是珍视,不如说是恐惧。

"这是……我觉得这是陶雅桥的笔。"文倩没头没脑地来了这么一句。

"所以呢?"

"那时候我捡到这支笔,因为我很喜欢这个品牌,所以……"文倩迟疑了一下,但还是接着说下去,"所以……我自己留下了。但一直不舍得用,也知道这肯定是剧社某个人的,所以在大学的时候一直不敢使用。你们明白我的意思吗?"她怯怯地把笔往前推了推。

大家点点头。

"大学毕业后,隔了两三年我终于能正式入行做编剧……"说到这儿,文倩看了毕然一眼,停了停,才继续说,"在签完第一份编剧合约之后,我就搬了家,然后突然想起这支钢笔,我觉得我能用它来做会议记录或是记录下突然的灵感……我想已经过了那么久了,应该能当作给自己的一份礼物了吧……所以我才开始用它……"

说到这,文倩想要想喝口茶,却发现眼前的杯子已经空了,她有些失落地放下了杯子。

"那时候我养了一只狗,它很调皮,很爱咬我写过的稿纸。有一天,它又淘气咬了我扔在垃圾篓的废稿纸……然后……"文倩深深吸了一口气,"我晚上回到家,发现我的狗死了。"

"它是被毒死的,我专门拿去检验了。"

尽管杯子里没有任何茶水,她还是举杯喝了一口,哪怕还剩下一滴都好。

178

第十二章

水木月

我知道,是谁杀了傅薇生。

· 18 ·

文倩拿着那支钢笔,脸上的表情既恐惧又复杂,她低声说:"我拿去检验,结果验出这支钢笔里的墨水有浓度很高的某种毒药……我确认过自己注入的墨水没有问题,那就只有一个可能,是笔的墨囊有毒。"

文倩把脸埋在双手里,口里继续断断续续地说着:"当时我真的吓坏了……我觉得陶雅桥很有问题,我在想,她和傅薇生的死是不是有关系……我从来没想到那么漂亮的女孩子会随身带着一支充满毒药的钢笔,太恐怖了……但事情已经过去几年了,我也不知道跟谁说,也找不到陶雅桥,她的电话无人接听……我本来不想说,但我实在忍不住,你们就当作是我胡思乱想吧。"

她深深吸了一口气,用力地搓磨两下脸庞,然后站了起来。

"对不起,我想我今天实在没办法去山上看傅薇生了,毕然,你们也别去了,我觉得这事就让它过去吧……"

文倩的声音颤抖着,她的眼眶早就红了,似乎努力忍住眼泪,默默地收拾自己的东西,直到她的眼泪一点一点从低下的头下面滴落。

"你怎么了?"毕然关切地扶着文倩,却被她推开。

"那时候为什么不帮我?"她说,"在我最需要你的时候,在我毕业最迷茫的时候,为什么不帮我?"文倩抬起头,精致的妆容早已被破坏,她一把拿过陈子谦递来的纸巾,胡乱往脸上擦着。

"如果你帮我,我不会去找其他人帮忙,我一直以为我们会一起努力去拍成一部电影,可你只是说说,完全没有给我一点实际的希望!"

毕然低下头,沉默不语。

"我知道你喜欢傅薇生,从你见到她第一眼我就看出来了,但我没吭声。因为我知道我能帮你完成你的梦想,我们合作一定能做出很棒的东西。而傅薇生不是那种人,她一心只想向上爬升,你不懂吗?"

"毕业后这么多年,我们分手之后也没有见我,现在为了傅薇生才来召开聚会,你想让我怎么怀念她?"文倩的大声质问,引来其他客人好奇张望,陈子谦尴尬地戴上墨镜,拉开文倩,在她肩上拍了拍要她冷静。

文倩挣脱开陈子谦,她拎起手包,拿起那束精心包扎的雏菊,走到毕然面前。

"我跟你说,毕然,你就是总不肯活在现实。你看看你现在都做了些什么?当初我离开你是对的,我现在生活得很好,麻烦你们不要来打扰我,人生不是只有二十几岁,还有三十岁、四十岁、五十岁,傅薇生已经死了,死透了,她怎么死的很重要吗?陈子谦,你说,很重要吗?"

陈子谦尴尬地打着圆场:"文倩,你别激动,其实我们也只是当老朋友聚会一下而已……"

"那我就告诉你,傅薇生就是陶雅桥弄死的,陶雅桥根本不是你们看起来那么单纯的小白兔,她们俩那种你争我斗我都看在眼里,她知道傅薇生的家庭底细,没人会在意傅薇生是死的活的,故意的也好,不小心的也好。陶雅桥才懒得理我们,你看这次聚会,你觉得她想干什么?自己召集大家来然后不出现?你信不信?她说不定现在就躲在哪里看着我们在这摸不着头脑,觉得好笑呢!"

文倩一口气说完,一把把手中的花甩到吧台上,然后掏出钱包,拿出一张百元钞票,放在吧台。

"说实话,那个邮箱我一直都舍不得删,但我今晚就会删。请你转告陶雅桥和顾莎莎,叫她们别再那假惺惺地你一封我一封地互相指责、缅怀逝者,我们没人想看,凶手就是陶雅桥,就这样。"

文倩沉吟半晌,最后踏着高跟鞋,大步走出大门。

木门"吱呀"如同一声嘶吼,将她的身影隔绝在午后的艳阳之下。冲绳木质风铃发出不甚清脆的送客声,"哐哐哐"的,为吧台上剩下的两个人,留下一丝填充尴尬气氛的声响。

"那个……"陈子谦想要做些什么,但现在说什么也只是打圆场。

毕然点起了烟,眉头紧锁。

"你的那杯东西怎么还没弄好?"毕然打断了陈子谦的话,他看着在一旁看似发呆,其实在看戏的大学生。

"我去帮你催!"大学生如梦初醒一般,一下子溜进厨房。他走后,空气里完完整整只剩下两个人陷入这凝固的空间。

"其实,我真的觉得文倩说得有道理……"陈子谦想再次开口。

"你也觉得陶雅桥最有嫌疑?"

"其实我也不知道……但毕然你不觉得很奇怪吗?明明是她召集的,结果她人又不到,这就很诡异了……而且那支钢笔也很恐怖啊……我要是文倩我也会怀疑。"陈子谦说。

"谁说她没来？"毕然盯着陈子谦。

"啊？"

"她一直在这里。"毕然淡淡地说。

在陈子谦疑惑的目光中，坐在角落的一个穿着邋遢卫衣和睡裤的女客人缓缓站起身，她头发乌黑，明显是一顶假发，一只黑色的口罩将脸遮去大半，她眼睛很大，却挂着巨大的黑眼圈，显得憔悴无神。她慢慢走过来，即使身体那么瘦弱，虚浮的脚步也承载不住似的。

"等一下，她刚才一直在这里？"陈子谦瞪大眼睛望着那女人，似乎想要辨认出当年陶雅桥的模样，但这个女人怎么看，都只像一具没有神采的皮骨。

"麻烦。"那女人的声音异常沙哑。"我也要一杯特调！"她这样说着，但喉咙深处却只传来空洞的回音，让人想象她的肺部像是被风蚀的溶洞。

"再来一杯特调，给这位女士！谢谢！"毕然对着厨房高声说。毕然走上前，把她搀扶到吧台的高脚凳上。在她纤瘦的脚腕上，露出那个小小的黑蛇文身。

许久，厨房传来服务生的声音："好的，等等！"

陈子谦持续目瞪口呆地盯着她，那个自称是陶雅桥的女人目光毫无波澜,她用空洞的眼神望向毕然。

"没关系,我们坐坐就走。"毕然说,同时用手拍拍女人消瘦的肩膀。

"你真的是陶雅桥?"陈子谦死死盯着她。

女人口罩之上,假发刘海之下的眼神,像冰冷的蛇一样游向陈子谦,让他不禁感到一阵寒意。

"怎么,我现在丑到认不出吗?"风从溶洞中穿过的声音再次从她喉咙里爬出来。

陈子谦不说话了,他心中百感交集,当年那个风靡全校的校花,如今……他觉得有点难受,很后悔今天来了,本来闭着眼睛生活,一心往前看,那该多么好。

"特调,请慢用。"过了好一会儿,服务生终于从厨房把一杯粉红色饮料放在陈子谦面前。

"你先喝吧。"陈子谦把杯子朝女人的方向推了推,愣愣地看着女人。

"不用。"女人淡漠地说,"我自己点了。"

陈子谦尴尬地扶着眼前的饮料,喝了一口,随即脸上皱成一团:"有酒!"

"对啊。"毕然微微一笑。

"很浓!"陈子谦不可置信地望着这杯梦幻少女似的

饮品。

"所以学生喜欢啊。"毕然不置可否。

"雅桥,你还是别喝酒了,你……还好吗?"陈子谦关切地问。

"她现在身体情况不太好,不过正在治疗了,别担心。"毕然代回道。

"你是怎么找到她的?"

"我回国后在酒吧偶遇她,她把我认出来了。"

"这样啊……那有什么要帮忙的,尽管说,大家都是老同学……"陈子谦低下头,似乎不忍心再望向陶雅桥。

"其实,雅桥这次来,是想告诉我们一些事情……雅桥,你说吧。"毕然拍拍她的肩膀。

那女人的目光,凝聚在眼前虚空中的某个点,像一条凝视着猎物的游蛇。

"我知道,是谁杀了傅薇生。"

·19·

玻璃窗猛然被台风吹开,窗帘瞬间被外面的风吸出去。

陶雅桥冲上前拉住窗帘,再用力拉回窗户,但刚一松手,窗帘又吹了出去。

"喂,来帮忙啊!"陶雅桥转头对着瘫坐在地毯上的傅薇生说。

傅薇生的眼睛红红的,很明显还没从哭的情绪中走出来。她本不想起身,但突然闯入的巨大风势已经一下子把房间吹了个乱七八糟。刚才好不容易被陶雅桥收拾好的玻璃碎片,也被吹散开来。

此时陶雅桥一手拉着窗户,一手拉着窗帘。"呼呼"一声,一股大风袭来,陶雅桥痛叫一声后松手。窗帘和窗户再次被吸开,那白色的窗帘如同乱流中挣扎的帆船,在玉兰树的残枝败叶中稍作挣扎,便随风飘走。

眼见陶雅桥痛苦的表情,傅薇生这才梦醒似的站起来,两人合力把窗户关上,再锁好。这一切做完之后,陶雅桥捂着手蹲坐下去。

"你怎么了?"

陶雅桥摇摇头,眉头紧锁,看起来痛苦万分,傅薇生见陶雅桥捂着大拇指动也不能动,应该是刚才风扯开窗户时食指和拇指之间被割伤了。她也不知道该怎么做才好,窗外风横雨大,要怎么送陶雅桥去医院。陶雅桥却摆摆手,自己半躺在地上,示意不用去医院。

傅薇生不知所措,只好去冰箱取了罐冰可乐,手忙脚乱地给陶雅桥敷上,弄完之后看着一片狼藉的房间,又一鼓作气地去整理。整理到地上的碎玻璃时,傅薇生突然停了下来。

"唉,对了,眼泪算不算……体液?"傅薇生突然没头没脑地问了一句。

"啊,什么?"陶雅桥还没止痛,眼睛鼻子皱在一起。

傅薇生不放心,拿起笔记本电脑噼里啪啦打了起来。陶雅桥一时之间明白了傅薇生的担心:艾滋病病毒是通过体液传播的。

傅薇生看着电脑松了口气,然后一下子瘫坐下来,好像断了发条的玩具,动也不动了,一会儿,两行眼泪又掉了下来。两人就这么坐着,连空调什么时候自己关了也没察觉。直到燠热充盈了空间,陶雅桥才说了句:"好热!"

估计台风吹坏了附近电缆,夏天黄昏是真的热,又不能开窗。陶雅桥捂着手的那罐冰可乐也渐渐暖了。此时一把小纸扇递了过来,是傅薇生擦干了眼泪给陶雅桥折的。

陶雅桥一愣,接了过来。

傅薇生倒是直言不讳:"我刚刚查过了,眼泪不会传染的,你放心吧。"那纸扇子小小的,歪歪扭扭的,稿纸上都是考前温习笔记,旁边还画了个圆脸猫。陶雅桥看着想笑,又觉得不应该。傅薇生不明所以,陶雅桥于是就拿起纸扇有一下没一下地扇着。

"我跟你说,这事你别告诉别人。"傅薇生突然严肃地说。

陶雅桥不说话,继续扇着风。

"如果你说出去,我也会把你假装摔断腿,对公演不负责任的事说出去,让你毕不了业。"

"那你说啊。"陶雅桥无所谓似的,把可乐打开,喝了一口。

傅薇生张了张嘴,无可辩驳,最后泄了气:"我没想和你争,现在我也不知道怎么办,这次体检报告是要交给电视台的,我现在肯定没戏了,还要存钱治病。"她苦笑着一仰头倒在了沙发上,沙发一旁的茶几上,还放着早就吃完的泡面杯。

风就在外面呼呼地吹,天色越来越暗,电还没来,台风级数也没见降低。傅薇生醒来的时候房间已经是一片黑暗,一时之间她以为这是一场噩梦。她也希望是一场梦而已。

直到看见开放厨房的一角,陶雅桥像团小黑影般开着手机的手电筒,翻箱倒柜地找着什么。

"你干吗?"傅薇生迷迷糊糊地说。

"你知道哪里有蜡烛吗？手机快没电了。"

"不知道。"傅薇生又躺了下来，她只想睡过去，永远睡过去。

翻箱倒柜的声音还在继续，不知过了多久，一点微弱的火光"咔嚓咔嚓"地靠近傅薇生，她又睁开眼睛，是陶雅桥拿着打火机，一下一下打出火光。

"你干吗……"

陶雅桥另一只手拿着什么在傅薇生面前晃了晃，她定睛一看，是一罐年代久远的吞拿鱼罐头，也忘了什么时候买的。

傅薇生一脸疑惑，陶雅桥叫她划开罐头一角，然后用纸巾捏了条细细的灯芯塞进罐头里，一会儿点燃了露出来的灯芯头，一点火光在黑暗中颤动了两下，便乖巧地停留在罐头中央，成了一盏小小的灯。

陶雅桥轻轻把罐头放在地毯上，微黄的光芒下，两人像在另一个空间，外部都是暗色风雨，只有这里，这小小光芒所照耀之处，是唯一安全的所在。

"其实我……早就认识你……你记得吗，在高中……不，你肯定不记得我……"傅薇生仿佛被这安全感所感召，脱口而出。

"我记得啊。"陶雅桥从小巧的手包里拿出粉红色细长香烟,用罐头灯的火点燃,然后递给傅薇生。

傅薇生迟疑地接过烟,迟疑地吸了一口,粉红色的香烟果然是莓果的味道,甜甜的,带着薄荷的清凉,一点烟味也没有。

"我记得啊,你在三班,坐最后一排,你的头发到肩膀,总是不扎起来。"陶雅桥又点起一支烟。

傅薇生心脏一阵缩紧,紧接便是排山倒海般的晕眩。陶雅桥此时却发出轻微的笑声:"那时我经常在上课时偷跑出去,每次路过你的教室,你们老师在讲台上认真讲课,你总是在最后一排呼呼大睡。"

陶雅桥吐出一口甜甜的莓果烟雾,小小的嘴巴像黑夜里制造无限好梦的宝物,喃喃地说着:"那时我可羡慕你了,我也想睡,可我不敢,我妈早就叮嘱了老师看着我,要是哪门课成绩掉下来了,就要立刻给我补习,要是哪个男生追我,就要立刻告诉她……所以我才和别校的陈子谦在一起,就是为了气她,我倒是看看她人在国外,眼线还能多广。"

傅薇生差点叫出声:"气她?"那个温柔可人,在电邮里字字体贴的妈妈,为什么要气她?

陶雅桥轻声说:"她把我每一秒该做什么都安排好了,却一秒都不愿意陪我,你说,我该不该气一气她?"

"所以你才假装摔断腿？好幼稚！"

"我就是想看看她会不会亲自来找我。"

"然后呢？"

陶雅桥无奈地笑笑："她说弟弟在准备升高中的考试，不放心他，再加上她公司最近忙，所以……说到底，我还是不那么重要。"

傅薇生一时间不知如何回答，她想不到陶雅桥这样的千金大小姐也会有这样的烦恼。她突然想，或许什么也没有也是一件好事，这样才能目标明确，只能向前不能后退。她才不会被这些乱七八糟的东西羁绊呢。

"其实，我想请你帮我做件事。"陶雅桥拿出手包里一个信封，从里面掏出一张模样相似的诊断书，然后拿着傅薇生的诊断书，两个雪白的胳膊在烛光下交叉一晃，令火光一阵摇曳，打破了她脸上的阴影。

"什么意思？"

"我们的诊断书，交换。"陶雅桥说，她的脸在烛光中像个天真的孩子。

傅薇生睁大眼睛，但她很快明白这个提议对她来说是有多么重要。她要顺利进电视台，她要证明自己，她至少要让陈子谦和她那个不成器的爸看看，她能做到。然后还有一个人,她必须去说服他留下。因为接下来关于电视台的一系列考核、测试,她不能没有他。

傅薇生和陶雅桥都伸出手指拉了拉钩。

她想,她得有足够的勇气去面对接下来的人生,尽管现在很糟,但她可以走下去的,眼泪却不争气地流了下来。

"没事的,一切都会没事的。"陶雅桥没有看她,只是看着烛火,轻声地说。

第十三章

书信往复

　　很抱歉,你帮忙隐瞒了十年的秘密,已经
不配再隐瞒下去了。

莎莎：

结果那天你还是没有来参加我们的聚会，你在逃避什么呢？

还是说你在什么偏远的地方没有网络，没有看到邮件？

可是不对哟，即使邮件自己寄给自己时，如果没有点开，在收件箱还是会显示"未阅读"，标题颜色也会有所不同。上一封邮件却显示"已阅读"，我问过文倩和陈子谦，他们都是收到电话通知才来聚会的，所以，点开邮件的只有你了吧。

即使来不了，也要说一声嘛，这不是做人最基本的礼貌吗？

莎莎，其实我一直都知道，对于我们这个小团体，你并没有什么感情。当初你就是因为裴南阳才加入剧社的，对吧？我是否可以这样猜测，你是不是从很早就认识裴南阳呢？是中学同班同学？

我为什么这样猜测，是因为我们大家一开始交换了MSN，你的账号和裴南阳注册的邮箱名字都带有0403的后缀。这是什么意思呢？2004年高中入学的三班？那个电邮后缀是为了方便老师收作业而让同学们统一这样设定的吧？当然MSN现在早就没有人用了，但是我们剧社的邮箱却存着大家最初始的邮箱地址呢。

莎莎，喜欢了一个人十几年，是什么感觉？我不知道，但这一点倒是让我很羡慕你。

可是，为什么在入社的时候，裴南阳对你的态度那么冷漠呢？按理说既然是中学同班同学，不应该那么陌生吧。

一直以来，剧社的每一个人都有张扬的个性，只有你，安安静静，大家叫你做什么你就做什么，甚至连你姓什么大家也不记得了。或许可以把这称为"普通"，如果你不介意的话。但是越普通的人，有没有可能其实正在伪装自己呢？所以我们一直没有留意你，回想你最辉煌的时刻，也许就是拿出那些精心制作的戏服时，大家惊叹的样子吧。当时的你有没有意识到自己其实一点也不普通呢？

那个年纪的女生在聊天的时候，总是叽叽喳喳地发表意见，只有你，总是被人当作转移话题的工具。而你自己也总是负责在话题进行不下去的时候，悄悄地帮大家转移话题。其实你一直在留意所有人说的话，不是吗？只有最聪明的人，才肯做像你一样的角色。

我说那么多,其实就是想让你面对自己,你其实一点也不普通,相反,你非常聪明,非常有目标,但你用"普通"掩饰了一切。这样的人,会为了心中最重要的事情付出一切,比如帮他隐瞒罪行。

我想,其实我和你,我们都知道。杀死傅薇生的凶手就是裴南阳。所以你才会回复我的电邮,因为你想试探我到底知道多少。而你又不肯在聚会上现身,因为你不敢面对我,你不敢面对那个帮忙隐瞒罪行的自己。

爱一个人究竟可以到什么地步?值得用自己整个青春去盲目追逐吗?

顾莎莎,其实你才是我们之中最偏执的那个人。让我猜一猜,你用帮裴南阳隐瞒罪行来交换和他在一起的权利,你追逐着他去世界每一个角落。

裴南阳就是因为这样,才会去尼泊尔、菲律宾,逃到各种偏远的角落,可是即使这样他也始终摆脱不了你。

是这样吗?

你真的太傻了,你这样为他付出,裴南阳其实一眼也没有看过你,所以他才会和你做了三年高中同学,连你叫什么都说不出,所以他才会一直逃。

裴南阳喜欢的人,是我。你明白了吗?

如果你不相信的话，让我告诉你，那时女生都在宿舍楼顶的平台晾衣服，裴南阳兼职帮学校做些贴海报的工作赚外快。有一次，我的内衣不见了，我一直以为是被风吹走了，后来又听说学校附近有个暴露狂，我以为是那个人捡走的，觉得非常恶心。有次宿舍空调坏了，我去楼下宿舍管理处申请修理时，无意间发现内衣丢失那日在访客记录里申请上平台贴海报的人，就是裴南阳。

对青春期男生来说，"偷喜欢的女生的内衣"这件事情是有一点变态，但也可以理解。当时的我很矛盾，不知道该不该质问他。后来我还是没有，因为我知道他喜欢我，这种心态我无法定义为犯罪。我决定给他一次机会，但我已经没有办法再喜欢他了。

其实我当时就原谅他了，可我没有办法原谅他杀了傅薇生，所以我必须说出真相。

莎莎，很抱歉，你帮忙隐瞒了十年的秘密，已经不配再隐瞒下去了。

请你把自己知道的所有真相告诉我！

雅桥

2018 年 7 月 4 日

雅桥：

看来事情越来越有趣了。

收到这封信时，我本来可以不用回复，但我不能任凭你在老同学面前胡说八道。你说裴南阳是凶手，有证据吗？如果没有，请不要随意污蔑，好吗？

你真的是陶雅桥吗？其实从通信以来我就在猜测着你的身份，现在我几乎可以确认，你不是陶雅桥。

你是傅薇生吧？

不要再否认了，十年前意外坠崖身亡的人是陶雅桥，而仍然东躲西藏活在人世间，现在还给我写信的你，其实是傅薇生，对吧？

冒充另一个人，偷偷摸摸、苟延残喘地活着，有意思吗？

即使你代替她活着，你也已经病入膏肓，这十年以来，真正痛苦的人是你吧，即使你把自己称为陶雅桥，你也永远成不了她。她的宽容和优雅，她的慷慨和天真，永远不是你能够模仿的。

还记得那次为选公演演员当众表演芭蕾舞吗？你的笨拙真的好好笑，最好笑的是你连自己的笨拙都不知道，还自我感觉良好，这世界上就是有你这样的人，才能衬托出陶雅桥的优秀。

其实你做的那些乱七八糟的事情,我们都知道,你做了什么手脚,你的"兼职工作"……哈,所有一切,我们都知道。但十年之后被这样揭开伤疤,还是很难受吧?如果我也走出去对着昔日的老同学说出你的所作所为,你现在还能在电脑另一边,像正义女神一样指责我吗?

是你在公演那天下午把陶雅桥骗去茶山山顶,她在回程路上才会意外坠崖的,对吧?你是怎样骗她上山的,还是用你一贯的方法吗?

是威胁吗?像对裴南阳一样。

大学的最后一年你都在威胁着裴南阳,因为你发现他喜欢陶雅桥,你在天台撞见他偷藏了她的内衣。你让他帮你练歌,把他创作的歌曲据为己有,然后在那些电视台的面试官前说是自己写的,所以毫无才艺的你才能进入演艺训练班。你甚至要他帮你追陈子谦,因为你知道陈子谦有身家有背景,能让你以后的路更加顺利。

裴南阳只是做错了一件事,那就是喜欢陶雅桥。而你利用他这一点,一直压榨他,把他当成工具人。甚至在他收到英国音乐学院录取通知书之后,你还要他留下来陪你,因为你知道训练班采取的是淘汰制,你不想在第一轮就被刷出去。你想实现梦想，可别人的梦想呢？别人的梦想就不重要了吗？

那一年，你一次又一次地约裴南阳去茶山，你害怕寂寞，却又不敢把真实的自己展现出来，即使是对着你的男友。只有在裴南阳面前，你才敢暴露出那个野心勃勃，却又自卑至极的真实的自己，那个恶心的傅薇生。

其实那时候的我们每个人都以为自己能掌握人生，甚至不惜利用一些小小手段来接近成功。而我们长大以后都会发现，那些小手段其实非常幼稚。有多幼稚？就像文倩想要成为编剧而和毕然在一起，其实她只要不停努力，靠自己也能成为编剧。就像你其实根本不知道自己想要什么，你不适合进入电视台，你不适合演艺圈，你只是傻傻地以为那样就是成功。

那么多人口口声声说梦想，其实他们的梦想只是赚很多钱，或者想要被所有人羡慕而已。所以他们根本没有梦想。

你知道吗？我们在尼泊尔的时候，学校很早就下课了，可很多孩子还是留在学校里。于是我们用尤克里里伴奏，和孩子们一起唱歌。在那些天真无邪的歌声中，我终于找到了平静，也找回了初心。

那你呢？傅薇生，可悲的是你根本没有初心吧，自始至终，你最爱的人只有你自己。像你这样的人能获得成功吗？即使是毕业公演也无法胜任吧。所以你只好不停地压榨着裴南阳，这是你唯一能做到的事。

我再次告诉你，陶雅桥的死只是意外，裴南阳根本不知情。反而是你，精心诱导陶雅桥穿上你的戏服，戴上你的道具。如果不是她那夜和你上了茶山，她就不会死。在她失踪以后，你更没有告诉别人，而是顶替着她的身份生活下来。

真正要死的那个人，本来应该是你。

莎莎

2018年7月5日

莎莎：

你说得对，要死的那个人本来是我。

所以，"知道那晚从缆车上掉下去的人是陶雅桥而不是我"的人，只有两种可能，我和凶手。

我知道自己不是凶手，这就是证据。

至于你问我，那晚搭缆车下山，穿着戏服奔赴公演现场的人为什么是陶雅桥，而不是本该代替她的我？我承认都是我的错。事到如今，也不用再隐瞒了。

在6月某一个台风天，陶雅桥突然来我的出租屋找我，给我看了一份我的体检报告，上面显示我的HIV病毒测试呈阳性，没错，也就是说，我染上了艾滋病病毒。

一开始我不知道她是什么目的，但到了最后，她却提出要和我交换体检报告书。很意外吧，我染上了这种令人讨厌的病。当时的我几乎吓得要死，我哭了出来，于是立刻同意了她的提议，因为我第一时间想到的是担心自己报名的演艺训练班会把我踢出去。

你说的没错，那时的我，除了想要证明自己成功之外，没有别的想法。我就是要让别人看到，就是要一直向前、向上。我觉得自己像一棵注定要冲破森林才能呼吸的杉树，只有爬到最顶端才能晒到太阳，这样我才能存活。每个人生存的土地都不一样，那时候我的养分是恨，我恨所有看不起我的人。

我以为裴南阳和我是一样的。你说我利用他、胁迫他。不，你错了，我把他视为我的战友，因为他和我脚下的土壤成分一样。我们生活在潮湿阴暗的森林里太久了，我要带他去见高处的阳光。

但是我错了，我没想到裴南阳只是一心想着逃避，他其实从来没有变，什么去外国读书，都是借口，他只想逃避他生活中的可悲现实，他是个没人爱的孩子。

当我意识到这一点之后，就决定放他走，因为他已经不配成为我的战友，但我希望他能帮我最后一次，希望他能为我最后一轮乐理考试准备资料和简谱，然后，我们就一拍两散。

可遗憾的是，那次考试我根本没有机会去，因为陶雅桥死了。

曾经有段时间，我和陶雅桥关系缓和，我甚至开始理解她那种矫揉造作的恋母情结。她像个长不大的孩子，一直渴望自由，却放不下亲情的羁绊，很可悲。看见她之后我突然感觉到，其实像我这样没人疼没人爱也挺好的，至少我全身都是盔甲，一往无前。

可是我再乐观也知道HIV的严重性，当时我对自己说，不怕，它有潜伏期，五年、十年、十四年，只要我能撑到那天，叫我干什么我都愿意。从今往后的每一天，都是结束的倒计时。这种感觉反而让我充满斗志。

直到公演前几日，陶雅桥突然急匆匆地来找我，说她收到了妈妈的邮件，她妈妈很可能用周末时间回国来看她公演。我看见她眼中兴奋的光，突然有种哀伤的优越感。就像我已经超脱了她的哀喜，我一点也不羡慕或是嫉妒她了，你懂吗？

我突然就释然了，于是爽快地和她说，本来这个女主角就是你的，你来吧，我相信你一定能演好。她眼中的光一下子像烟花一样绽放开来，这个傻姑娘紧张得不得了，她不停叮嘱我一定要保密，因为她想给妈妈一个惊喜。

但也就是那天，我发现她的书包里有一份写着我的名字，结果却是阴性的检验报告。当我联想起她对我说"没事的，一切都会没事的"时，那嘴角丝丝的笑容。我突然明白了，之前她来找我说收到了我的体检报告，其实是她对我的恶作剧。多么恶毒的恶作剧！我当时气坏了，气得浑身发抖。我坚信自己根本没有染病，她真的太坏了，我气得失去理智。于是，我也决定对她做一个恶作剧。

公演之夜前的那个黄昏，我约她在茶山见面，因为我把女主角的戏服偷藏在那里。我事先在戏服内侧涂满了青芒汁，然后喷上厚厚的香水盖住那股味道，这样她穿上衣服不一会儿就会过敏，我要她在她妈妈面前出丑。

若只是如此，想想还是不解恨，我便又在道具包里装了一条蛇，是一条真正的蛇，我在村子里跟农户买的，但那只是一条无毒的菜花蛇，我只是想吓吓她。毕竟，那次她在鬼屋里抛弃我一个人跑了，我还记恨着呢。

那天她乖乖地来茶山找我，试穿了戏服，背着道具包，在夜色降临时搭缆车下山了。

然后我在稍晚时候回家睡了两天两夜，醒来时手机里都是未接来电，我知道公演肯定搞砸了，我也不打算回电话。因为公演在那一刻对我来说毫无意义了，我要做的是继续前进。几天后我就动身跟着省城电视台的训练班去上海参加封闭式集训。那天上海天气真好，我全身沐浴在阳光下，像个重获新生的人。

后来，我有尝试联络陶雅桥，但她一直没接电话，再打过去手机就关机了。我认为她生我气了，当时还没意识到有什么问题，只是发现账户里多了一大笔钱。我那时候以为是我爸打给我的钱,于是便心安理得地用着。

我实在太笨了。

直到两个月后,我看到了"傅薇生"死亡的新闻,当我得知她身旁还有一条死蛇,我吓坏了。我以为是我的恶作剧让陶雅桥受惊坠入山崖的,因此我什么也不敢说,索性退出了训练班,离开这座城市。

没想到,这件事情很快就以意外结案。我一直在外地默默关注着事态发展,我潜伏在大学的论坛里,听他们讨论关于这个案件的蛛丝马迹,讨论背后津津乐道的八卦,讨论我得了什么病,讨论我爸吱也没吱一声地从缆车公司那拿了赔偿金就跑了。

直到年底,一切都结束了,再也没人讨论我,新生兴高采烈地讨论着寒假去哪儿玩,新成立的剧社也改了名字,好像叫什么"西西弗斯"一类的做作名字。只剩下一个冷冷清清的帖子还在讨论关于我的案子,那个帖主名字叫"531",对的,就是我,我希望有人能走出来告诉我这一切到底是怎么回事。

然而无人关心,没人觉得重要,反正从某种程度来说,傅薇生已经死了。

那棵想要见到阳光的杉树,再也不可能长高,它只能永远生活在阴影中,因为一个恶作剧,付出永不见天日的代价。

其实我一直以为那真的是我造成的意外,直到去年。

当时我在出租屋里的东西一直放在一个角落,碰巧我在收拾东西的时,才突然看到当年公演前裴南阳留给我的最后一沓乐理资料里,夹着一张我从未发现过的纸条。上面写着:

明晚七点半公演前,山顶缆车站见,有话和你说。

其实公演前的我满心想着报复陶雅桥,根本没留意那沓资料。之后去了上海集训,也没空去看乐谱,然后我搬东西匆忙打包,所以一直没有留意到这张纸条。

当我看到这张纸条时,突然意识到陶雅桥下山的时候大概是7点半左右,也就是说:那时候裴南阳应该见到陶雅桥了。这样的话,陶雅桥的死,裴南阳脱不了干系。

然后在这次聚会中,文倩提起一件事,她去检测陶雅桥留下的钢笔,在笔芯里找到了毒药的残存物质。也许她和我一样也想过了结自己的生命吧。我猛然想起在主题公园的那晚,陶雅桥书包内装着一条假蛇。这时我才意识到，也许陶雅桥根本不害怕蛇，即使真的在道具包里看见了那条蛇，她也不至于会吓得从缆车上掉下来。

我突然回想起一件事，我在上海集训时第一次打陶雅桥的手机，当时有人接了电话，然后又快速地挂断电话。那个声音我至今还记得，虽然只是短短的"喂"了一句，但那声音，我太熟悉了，那是裴南阳的声音。

我不会忘记那个声音。

他录在公演CD里的那首歌，我听了很多很多很多遍。

莎莎，我相信你此刻绝对不会再怀疑我说的话了，对吗？

很久不见的
薇生
2018年7月6日

第十四章

撒谎的人

我想,我不再需要那些虚构的故事了,人
生不该由虚构组成。
我需要真相。

薇生：

原来真的是你，果然我之前的猜想没有错。

对于你的指控，我无话可说。

但人类的记忆总会存在偏差，我无法评论当年那通电话是谁接的，也不能为裴南阳再辩驳什么，毕竟他已经死了。

你说的很对，我是一个很普通的人，普通到同班三年都不会有人记得我的名字。而我这么普通的人，却能够跟他在一起，到世界不同的地方，在他生命最后的时刻，和他身处同一个空间，你能做到吗？

说到底，你还是嫉妒我的。你费尽心思地引导我，就是为了让我说出指认裴南阳是凶手的话，对吧？可惜我永远也不会说出来，这样你在前面的所有指控，不过只是一个猜想而已。

薇生，对于这些没有证据的事情，我不会再做任何回应。我衷心地希望你好好养病，祈求命运再一次给你重生的机会。

以下我说的话，绝对是我对于这件事所说的最后的话。

傅薇生，不管你相不相信，裴南阳从来没有恨过你，即使你威胁说要把他偷窃内衣的事情告诉他最喜欢的人，即使你不停利用他——他也没有想过要杀你。

在我眼中，裴南阳这些年来，没有一天是快乐的。我在他身边，就像看着一具行尸走肉。他总是很早起床，去早市采买食材，然后帮孩子们准备早餐。他一个人负责整所学校的所有运营工作，从接待志愿者、教书，到照顾孩子们起居、陪孩子们玩、扫厕所，所有脏活累活都是他做。他整日面无表情从来不笑，只有在陪孩子们玩时，才会露出一点笑容。

所以薇生，即使陶雅桥的死真的与他有关，或者真的只是意外，那么他赎的罪也足够了吧？如果我连着他的那份一起，继续赎罪呢？能让你满意吗？

明天我就要去别的地方继续做义工了，无论如何还是很高兴和你一直以来的通信。但我们以后也不用再联络了吧。

希望你生活快乐，身体健康，我是真心的。

莎莎

2018年7月7日

· 20 ·

当午后熟悉的燠热袭来,我知道一场暴雨正在从远处缓缓靠近。

生活在南方的孩子,自小就学会通过嗅出空气里的湿度,分析雨将从哪里来,那雨是一蹴而就,还是绵绵不绝。而夏天的雨,通常就像发泄一种情绪。云朵慢慢聚集在天空,然后在某一个瞬间,雷声从四面八方轰然而至。

这些话,是她告诉我的。因为某些原因,她在中国很多地方生活过,她说北方没有这样的雨。

小时候她喜欢雨天,因为这样她就可以晚一点回家,一个人走在湿漉漉的马路上,踩着一个一个小水坑,空气里浮荡着被雨水打落的花朵味道。只有在这一刻她属于自己,不用全副武装去对抗整个世界。

我拉着她的手,在缆车里。外面下起了暴雨,她说这场雨很快就会结束。她抱着一束蓝紫色桔梗,她说街角的花店每天都有特价花,最近是夏天的桔梗,很便宜,十五元有一大把。

当她摘下耳机时,总是絮絮地说着,好像要把生活里每一刻发生的事情都做出一个总结,她的手在我手里,像一朵干枯的玫瑰。我希望她安静一点,不要让体内的水分那么快流失。

在生命最后的日子里,她越来越安静,但依然坚持着在反复寻找一个答案。大大眼睛里的光一日比一日黯淡,但仍会坚持每周去买一束花,直到连站也站不住。

我最爱的傅薇生,现在,这个答案由我来代替你,为大家揭晓。

我打开那个邮箱,开始写属于这个邮箱的最后一封电邮。

TO ALL：

　　很抱歉，又要打扰大家。

　　但我保证，这是最后一封邮件了。

　　上次在"水木月"和大家见面，真的很开心。可惜因为身体关系，我没有把该说的话说完。

　　我不是在吊你们胃口，其实在上一次聚会时，心中还有疑问没有得到解答，也在等待一些消息的反馈。现在我终于可以正式地，把上次没说完的话，在电邮里继续告诉大家。

　　也许你们会觉得电邮是个很老土的沟通方式，但对于我来说，这个热浪剧社的电邮是找到你们的最好方式。这些年来大家联系彼此的方式一直在变，那时候我们用MSN、QQ，然后是校内论坛、微博，有一段时间用Talkbox，然后就是微信……可是只有电邮是我们一直用到现在的。我们的电话号码总是不断改变，而这个邮箱，只要记得密码，就永远能回来。

　　回到过去，对大家来说是一件怎么样的事情呢？

　　在大学那些日子里，好像因为年代久远而忘记了每一天具体的感受，那时的我们会知道以后的我们变成什么样子吗？

文倩,你变成了一位称职的母亲。因为工作压力大而不停抽烟的你,却为了让孩子不闻到烟味,在包里时刻放着口气清新剂。

陈子谦,你也变成一位优秀的丈夫,我看见你的手机屏幕是希腊风景。我记得你在访问里说过希望能带妻子去希腊补过一次蜜月,所以在一直很努力地上节目赚钱。

大家都在努力地生活着啊,真希望我也能这样。

好了,废话不多说。

相信因为好奇心的驱使,你们这几天都在频频查看电邮吧,这样的话我们之前的所有书信往来大概你们也都看到了。

那么现在,说回谁最有可能是凶手这个话题。

之前文倩提出是我,但前提是她并不知道"我"的真实身份其实不是陶雅桥而是傅薇生。既然十年前死去的人是陶雅桥,那么现在的问题就变成:"十年前谁最有可能杀死陶雅桥?"

我指认了裴南阳,关于疑点,我已经在上一封电邮中一一指出,莎莎也在邮件里回应了。虽然她没有正面回应,只是问我有何证据。

我只想说,根据我了解的情况,警察当时在尸体旁发现其随身携带的能够证明死者身份的写有"傅薇生"名字的学生证。但并没有发现手机或其他可以证明她身份的物件,这说明你们有人去清理过现场。

莎莎,说不定陶雅桥死的那晚你根本就在现场。你和裴南阳毕业后多年纠缠在一起,其实从头到尾只是因为那场同谋,裴南阳从头到尾都没有喜欢过你,不是吗?只是你一直在威胁他。

不,应该说,是"她"一直在威胁"你"……

很意外吗?

不,一点也不意外。真正的莎莎,早已丧身在飓风天的菲律宾海上了。

你不是莎莎,一直和我互通电邮的,就是裴南阳本人,对吧?

其实我早就对你起了疑心。

最开始觉得不对劲,是因为你之前那些电邮里说起关于莎莎的事情存在许多破绽,比如你说莎莎毕业后五年都在学校图书馆做管理员的工作,那是她告诉你的吧?当时你身在外国,并不知道她发生的事。

事实是莎莎有一次在图书馆碰到了我,虽然当时我刻意改变了容貌,她假装没有认出我,但还是吓得面无血色。自此之后她便没有在图书馆工作了,至于她后来做了什么工作,我还真跟踪过她一段时间。她为了维持生计,在酒吧街做陪酒小姐,这一切都是你不知道的吧? 她喜欢你,肯定不会告诉你这些。

还有你说她在大学期间一直把喜欢你这个秘密藏在心里,这也是和事实不符合的,当时刚刚入社时我们几个女生经常去"水木月"夜聊喝酒,有一次莎莎喝多了,和我们说你是她的,谁也不要和她抢。之后几天我们都拿这件事笑她,她对其他事情都谨慎小心,唯独对你,连掩饰都不想掩饰,只是你的眼中根本没有她而已。

还有一件最最重要的事,我在公演那日其实找过莎莎,我也叫她给你一张纸条,上面画着爱心和一双翅膀。这是我对你的承诺,如果有一天我画了这样的图案,就是放你走的意思。我说过,那时的我,已经决定放你去国外读书,我已经不把你当成"战友"了。

但莎莎没有把那张纸条给你,我不知道她为什么要隐瞒,总之她没有给你,所以你不知道。因此你在信中才会一直捉着我威胁你,不放你走这一点。

那时你们已经有计划要杀了傅薇生,对吧? 你用纸条约她在公演前去搭缆车,然后打算和她在缆车上谈判,是这样吧？如果她不肯呢，"不小心"掉下缆车的人会不会就是傅薇生？

其实我一直在诱导你说更多细节，细节越多，你暴露的破绽就越多。我一直在攻击你和莎莎，我就是要看看，你会选择为谁辩护。

你别忘了，那可是傅薇生，最了解你的傅薇生啊。

而且，那天在"水木月"的聚会，你也在现场，对吧？

你后来在电邮里说傅薇生生病了，可是"傅薇生"真的生病这件事，只有那日聚会出现过的人才知道。如果你没有来，你是怎么知道的呢？其实当时的你，就在"水木月"里面，就在那块遮着厨房的布帘后面，我没说错吧？

我终于等到你出现了！对，是"我"，不是傅薇生。傅薇生直到生命最后一刻还在寻找真相，但她没有等到。

很抱歉欺骗了大家。那天出现在"水木月"的那位"陶雅桥"其实是我请来的一位剧场女演员，我拜托她来帮忙，就是为了引出那个在撒谎的人。

撒谎的人，就是凶手。

至于傅薇生，她已经在今年年初过世了，她的病毒潜伏期很短，她已经辛苦抗争了好几年。在她生命的最后几个月里，是我陪她度过的，我很庆幸找到了她。

去年，我决定从伦敦回国发展时，开始参与拍摄警察机关的纪录片工作，在重新查看当年卷宗时，我看到了"傅薇生"尸骨的遗物照片里，出现了一条手串。大家还记得吗？就是游乐园之夜我们每个人都有的手串，那次在"水木月"，我还问了大家还留着那条手串吗。

看着你们尴尬的样子，我决定"提醒"一下可能在现场的凶手。

所以我播放了那个游乐园录影片段，在那段片段里，所有人都有手串，唯独傅薇生因为困在鬼屋，所以没有拿到，那么为什么她的尸骨上会有那条手串呢？

我是从那时候开始起的疑心。

然后我追踪了"陶雅桥"这些年的踪迹，发现她的行踪几乎没有记录。这让我更加怀疑了，真正的陶雅桥应该去了美国读研究生，可是相关出入海关的记录完全找不到。最后在警察朋友的帮助下，我终于找到了正在酒吧打工的傅薇生，当时她的身体状况已经很差了。

她一开始想要掩盖这件事，而我很快就拆穿了她。那时候，她反而如释重负。她很高兴地告诉我，终于用电邮联络到莎莎，并且她把内心一直百思不得其解的疑问告诉了我。

到底当年发生了什么？这也是她一直在想的问题。

当得知裴南阳死亡的消息之后，她一度以为自己永远也无法找到真相了。

她告诉我，陶雅桥其实一直没有骗她，她当时真的染上了HIV病毒，那时候陶雅桥跟她说的那句"会没事的"，其实是偷偷给她账户打了一大笔钱治病。而那份显示结果一切正常的体检报告，是陶雅桥为了帮她寄回给电视台而用傅薇生的学生证伪造的。

傅薇生一直很后悔对陶雅桥做的那个恶作剧，她认为是她造成了陶雅桥的死亡。

这十年来，傅薇生之所以继续扮演"陶雅桥"这个身份，是为了每个星期给身在美国的陶雅桥母亲发邮件，她不想让陶雅桥的母亲为了女儿伤心。后来她自己一个人去了中国很多地方，最长一段时间去了北方的一个海边小城生活，她说陶雅桥怕热，但又喜欢海。

最终，她还是回到了这里，也好在她回来了，我才能找到她，陪她度过人生最后的时光。

你们放心，她走得没有痛苦。我陪她去看了很多演出、很多电影，她虽然还是五音不全，但写起影评来头头是道，你们可以去看她的报纸专栏，她的笔名叫"小乔"。

这些事情，或许对于你们来说并不重要，但对于我来说，是我人生一件很重要的事。我从公演之后便放弃了成为一名电影导演的梦想，去国外读的专业也是纪录片制作方向，我想，我不再需要那些虚构的故事了，人生不该由虚构组成。

我需要真相。

而傅薇生一直没有放弃寻找真相，校园论坛里那唯一一个还在讨论着"傅薇生事件"的冷清帖子，只有一个叫作"531"的账号还在上面时不时地更新，那就是傅薇生本人。也就是这个账号，让我找到了她。

裴南阳，实不相瞒，我为了验证你的身份，还专门飞了一趟菲律宾宿务，我在那里的风灾局查到详细资料，并对当年8月那场飓风海难中死去的每一位中国籍人士都逐一追访。最后我确认了，唯一一个没有指认身份的死者，是一位大约三十一岁的中国籍女性。

裴南阳，在飓风中死去不是你，是与你同行的顾莎莎。

你冒充她的身份，是为了把所有责任都推给"死去"的裴南阳吧，因为你知道傅薇生已经听到了你的声音。之后你回到学校附近的"水木月"，也是为了探查这个案子会不会被人旧事重提。

那个还活着的傅薇生，一直是你心头的刺。

她想把你引出来，你也想把她引出来。当日在"水木月"，我的女演员朋友面前那杯"Summer Berry"特调，我偷偷把她的和我的互换，然后带走了一部分。

果然，我在里面检测出了能够致人死亡的氰化物。于是我更加确定了你的嫌疑和身份。你宁愿把生着重病的傅薇生杀死也要掩盖当年的秘密，我对你的最后一丝同情也打消了。

裴南阳，你说你明天要走，可是很抱歉，你走不了。

警察已经在"水木月"外面了，那里应该也是你住的地方吧。我猜，警察现在已经搜出了毒药和陶雅桥的手机。

其实我一点也不担心证据会不见，因为我调查过陶雅桥的手机号码，一直有人给她续费，并且，这是她留在人世间最后的东西了，你一定不会舍得丢掉的，对吧？这是傅薇生告诉我的，别人不敢保证，但对你，傅薇生仔细琢磨了十年，她比谁都知道你的执念。自从当年你在宿舍天台偷了陶雅桥的衣物被傅薇生撞见，她便了解你是怎样的人。只不过这十年来，她变了，你却没有变。

各位亲爱的剧社朋友,上次见面的确仓促,我们浪费了太多时间在进行一些无谓的寒暄。也许许多人在大学毕业数年之后,剩下的也只是网络上的一个联络方法,见面连寒暄都没有,但我很希望能再次见到你们。

　　这次相见,会有一个人和我一起来,希望你们也能带着对你们来说重要的人,我们不需要去纪念什么,或是寒暄什么,我只想让她和你们一起吃一顿晚餐而已。

　　真相已经展现在眼前,我的工作也结束了。但人生和戏剧不同,因为人生没有所谓的结局。

　　谢谢你们让我平淡的青春有了一点色彩,即使那是让人流泪的悲剧色彩。我还是希望你们能看到光明的那一面,所有的眼泪都是因为曾经欢笑过。

　　就这样吧,希望很快能见面。

热浪剧社最后一个没有作品的导演

毕然

2018年7月8日

第十五章

香气

所有大人都要我们像向日葵一样向着光明那方,却没有人告诉我们,望着太阳的孩子,双目会被灼伤。

· 21 ·

大概因为这天是周末,所以学生街上冷冷清清。

夏日天空正在酝酿一场巨大暴雨,黑云包裹着城市,一寸一寸,像是强行给城市穿上了一件羽绒服,汗水在云里慢慢凝结着。

当警察从"水木月"带出那个穿着旧日式围裙的男人时,那男子的目光非常平静。男子望向马路对面,目光所及处是坐在落地咖啡座的另一个男人,他穿着水洗发白的衬衫和牛仔裤,胡须似乎几日未刮,面前放着一杯冰块早已融化了的茶。

两人目光相接,毕然终于看见十年之后的裴南阳,他比以前黑了瘦了,尼泊尔或是东南亚的日光将他晒得消瘦冷峻。如果说十年前的他是个有着忧郁气质的少年,现在的他,看起来就像一个普通得不能再普通的、为生计奔波的厨师。

生杀冷漠,落刀无情。他想起了这两个词,从裴南阳的眼神里,毕然有一种奇异的错觉,好像他还是当年那个戴着大大耳机的男生,永远生活在自己一尘不染的世界里。即使这些年裴南阳早已摘下耳机,流浪四方,但他仍然生存在那狭小的空间,不愿走出来。

警察打开警车门,裴南阳坐上车,却仍然透过玻璃看着他。裴南阳的眼神里,带有一种出乎意料的平静。

这些年裴南阳去了很多地方,最后又回到这里,当年嗓音清亮的唱歌少年再回来时,却只能将自己深深藏在厨房里,再也不敢走到灯光下的live角,弹着钢琴或是吉他,唱一首他最擅长的歌。

毕然还记得傅薇生最虚弱的时候,她躲在房间里一遍又一遍地听着陶雅桥偷出来的公演配乐CD。裴南阳的歌声一次一次从那台旧式随身听里传出来,她戴着耳机坐在窗台上,抱着膝,一遍又一遍地听,她还是不敢确认当年电话里的那个声音。

直到生命最后阶段,傅薇生躺在医院重症监护病房里,肺部严重感染,几乎吸不进任何空气,她插着喉管、戴着氧气罩。然后,在最寂静的那个夜晚,她的嘴动了动。

"是他。"

她这样说,声音气若游丝,眼泪从眼角滚落。

"是他。"

她再说了一次，然后闭上眼睛，眼泪不停滴落在病床的枕头上。

那一刻，毕然好像透过医院浓浓的消毒水味，闻到她眼泪的味道，那是潮湿的夏天夜里，校园里盛开的合欢树，那些小小的浓密白花散发出的味道。也是夜晚从宿舍走出来的女孩们，湿润发梢的幽香味道。

他紧紧握着这个三十一岁女子干瘦的手，以前她的指尖总是很凉。曾经的她，总喜欢用手指一遍又一遍梳着黑色长发，她的长发像一条溪流。

醉梦溪。他想起这个名字，又想起那座桥，那个白色的古希腊剧场，那个闷热的排练室，那些雀跃的社团少男和少女，那些幼稚却自以为深刻的剧本，那个很热很热的夏天……

当溪水流入城市，汇入五光十色的繁华世界，染上霓虹幻彩的同时也藏污纳垢。现在她很细很细，像一条注定无法奔流入海的水流，已经没有任何可能性了，她在慢慢蒸发，最后会变成雨。

雨水终于落下来。

被乌云囚禁了很久的暴雨，一颗一颗落下，然后越来越多，最后变成一场盛夏的急雨。警车缓缓驶出，慢慢朝着长街尽头而去。

裴南阳的脸,也渐渐消失在那场大雨里。

不,不对。

裴南阳在警车里透过玻璃回头看他的眼神,有哪里不对。他明明可以说当年发生的事情是意外,他可以一口咬定自己什么也没做,一切只是发生在他眼前的意外,为什么会如此平静束手就擒?平静得好像早就等着这一天到来。而且,他常年在国外四处流浪,为什么还要回来?

莎莎,工程系,共犯,还是目击者……不对,好像总有一环是错的,那缺失的一环到底在哪里。毕然猛然站起身,冲出咖啡馆大门,朝着警车的方向奔跑而去。然而警车早已消失在长街尽头。毕然跑不动了,他蹲在地上大口喘气,可进入口中的只有雨水。

毕然知道,他能做到的也只有如此了,真相已经消失在雨水里,消失在风里,消失在那个男人最后的眼神里。

· 22 ·

目送了那对搭玻璃缆车下山的老人家,我捧着手中蓝紫色的矢车菊走下缆车站,刚刚淋湿的衣服现在仍然没有干透。我顺着缆车站出来的直路走到尽头——这条直路两旁都是装潢幽静的茶庄,现在好像是一条叫什么"茶之路"的景点。平日里,有很多游客喜欢停留在这里喝茶看景。

但这不是我的目的地。

从"茶之路"尽头的小路钻进一片相思树林,那里有些用来给游客拍照的樱花林、艺术雕塑什么的,穿过这片树林,再沿着小路一直走到山顶的另一边。

那里有一片墓园。

据说这片墓园在未来几年会被拆迁。其一是政府想要把这里开发成一个大的茶业会展中心,成为本市的一个特色产业。其二是墓园在山顶,半山豪宅开发项目大半数的窗户景观会见到坟墓,这不符合商业地产建造规则。

综上所述,这片没有名字的墓园将会被迁到郊区。万事万物都有宿命,即使如墓园一般作为永久安详的象征,也注定有一日要颠沛流离。

当我走到墓园某个熟悉的角落时,我看见那里站着一个女人。

看得出那女人年纪不轻,可是保养得宜,穿衣打扮也很有气质。她戴着大大的墨镜,静静地站着。当我走近时,女人回过头来望着我,她的脸形轮廓很像一个人。

我在坟前放下了那束被雨水打湿的矢车菊，然后站起身。

她与我的目光相接，仔细看了看我，最后对我点了点头。

"雅桥，她是个很奇怪的女孩，是吧？"她突然开口道。

我没有说话。

"她小时候，我还在国内做中药生意，她就经常跟着我跑去厂里。别的女孩都害怕那些奇怪的小动物，只有她不怕，她连活着的蛇都不怕，甚至敢拿树枝隔着笼子逗毒蛇。她还会偷偷玩实验室里的药品，有次差点拿了蛇毒要给弟弟玩，吓得我赶快把弟弟送出了国。"

她推了推脸上的墨镜，镜框遮住了大半张脸，看不出她脸上的表情。

"有一段时间我很害怕她。但我后来才知道她其实是想和我亲近，她不怕蛇，因此根本没有觉得这是什么危险的事情。"

我静静地听着。

"后来我和她爸爸离婚，决定去美国工作的时候，她哭着求我不要离开，我告诉她要坚强，承诺会给她成长所需的所有资源。她可以无忧无虑，做任何她想做的事情。"

"我很后悔，后来还是没有赶回来看她的毕业公演。那天我临时有会议,就在北京等转机的时候,又飞走了。"

她一直在说,终于停了下来,低下了头。我以为她会哭,可她过了一会儿抬起头望着我,我能感觉到那副黑色墨镜后面的眼神,锐利、直接,一如她面对那些难搞的生意伙伴时的样子。

"你是毕然吧,薇生和我提过你。"她说。

我一愣。

"阿姨,您从什么时候开始知道那个和您通信的人,不是您女儿?"我忍不住问。

她扭过头,浅栗色发丝遮住了她另一半的脸,我彻底看不见她脸上的任何表情了。终于,她开口了:"她假装我女儿,用电邮和我通信了好几年。"她发出轻微的苦笑:"我真是一个很不称职的母亲,我一直以为那是我那个正在全世界旅行……追求自由的、特立独行的女儿。"

"我女儿说过她想去很多地方,我那时认为她爱玩不想工作,一开始我有点生气,后来我就释然了,我觉得既然我养得起她,就让她开开心心玩一辈子都行,其实我从来都没有逼她去做任何事情。"她停下来,把头偏向另一边。

"可她其实只想让你陪陪她。"我说。

她沉默了,过了好一会儿,她才把头转向我,好像没有听到我说的话。

"她每个星期都会给我发电邮,告诉我她人在米兰、布拉格、布达佩斯……她说她在民宿打工赚旅费,叫我不用汇钱给她,后来她说她在给报纸和杂志写专栏,笔名叫小乔,她还拍下来给我看她的文章……

"原来她是想要自由啊,我这么对自己说。我知道她天不怕地不怕,我没有担心过她,因为她每个星期都会发邮件给我,还偶尔会从世界各地寄来明信片和小礼物。

"我有个浪迹天涯的女儿啊,这样也挺好。如果她玩累了,就回来找我吧,我等着那一天。"

我突然意识到她说着说着,口中的"她"和"她",早已模糊了边界,究竟是十年前的陶雅桥,还是那个从世界各地寄去明信片的傅薇生,面孔渐渐重叠在一起,变成那个相似的、长发美好的少女模样。

很久很久的沉静,她看着墓碑。

"阿姨,天色晚了,我们下山吧。"我说。

她点点头,而后又扬起手示意我等等,她从精致的名牌手包里拿出一支小巧的粉红色香水,蹲下来在坟头四周喷洒了好几下。淡淡的昂贵花香味飘入我的鼻腔,那味道慢慢消散在黄昏的斜阳中,她还是蹲着没有站起来,我意识到她在啜泣。

而她终于还是站起身,墨镜下微微显露出淡淡水痕。"走吧。"她深深吸了口气,转身往缆车站的方向走去。

在下山的缆车里,我和她面对面坐着,密闭的空间让气氛有些尴尬。近距离看着她的脸,我才看到那些细密的皱纹。她一直望着外面,没有说话,仿佛刚才已经把所有该说的都说完了。

暴雨落尽,夕阳里弥漫着水汽,那是夏天的味道。

远处,城市被暴雨洗涤成像是什么闪光的所在。年轻时,我们看着那闪光觉得那就是梦想。可我们不知道那只是一种光的折射,它欺骗我们的眼睛,让我们看到虚幻的希望。

你有没有试过望着太阳,然后闭上眼睛?很久很久,眼前都会出现光的残影。所有大人都要我们像向日葵一样向着光明那方,却没有人告诉我们,望着太阳的孩子,双目会被灼伤。

我们一路都沉默着。

下缆车时,我看见总站外面站着几个人。因为夜色昏暗,一开始我还无法确认,后来我看到他们朝我招手,才看清楚。

那是陈子谦带着一个挺着孕肚的娇小女子,文倩拉着一个小女孩,他们四个人在总站等我们。让我意外的是,陈子谦的妻子是个看起很普通的素颜女人,而文倩的小女儿性格则可爱羞涩得一点也不像文倩。

"阿姨,我们是雅桥大学的社团朋友,一起吃顿晚餐吧。"文倩说。

陶雅桥妈妈一愣:"谢谢你们,但我今晚就要飞……"

"阿姨,您飞机是几点?"陈子谦追问。

"晚上11点……"

"那我开车送您去机场。"陈子谦不由分说地拉过我,"你们一起跟我车,挤挤能挤得下。"

陶雅桥妈妈迟疑了一下,还是跟着我们走了。

陈子谦订的火锅餐厅包间很小,他抱歉地解释今天是周末,人多,一边忙不迭地下肉下菜。肉熟了第一个夹起来给身旁的老婆,看着他老婆笑出一脸花的样子,又不停往她碗里塞肉。"够了够了,胖死我了。""瘦到营养不良,我养不起你吗?"小两口叽叽喳喳地打着筷子架。

文倩女儿乖乖地吃着嫩豆腐和胡萝卜,乖得像个小天使。

"你女儿性格不像你啊。"我说。

"像爸爸。"文倩摸摸女儿的头,一笑。

"爸爸呢?"刚问出口我就后悔了。

"离了,去年,没好意思和你们说。"文倩理了理她耳边的乱发,那身全副武装的套装显示是刚刚才见了客户,眼角轻微的皱纹里,粉底浅浅地陷了进去。

"啊……这样……"我尴尬地点点头。她对着我笑笑,眼角皱纹愈发清晰,她突然伸出手拍拍我的肩膀。

"你在电邮里还怪我抽烟,都是和你学的。"

"其实我早就戒了。"我老老实实说。

她盯着我看了一眼,然后低头又摸了摸女儿的头。"吃青菜。"文倩温柔地对女儿说。"小白兔。"女儿在头上比了个兔子耳朵。"对,小白兔爱吃!"我从未听过文倩这样的口吻。

"你也是。"她用力给我碗里甩了几根烫熟的生菜,"多吃青菜身体好!"

"唉,阿姨,您吃啊! 毕然你也不知道照顾阿姨。"陈子谦站起身帮陶雅桥妈妈夹肉,又一下子把她碗里堆满。一直没动筷子的陶雅桥妈妈,最后把墨镜摘了下来,露出一张和陶雅桥颇有几分相似的脸。她举起筷子,低头吃着碗里的食物。吃了一轮,她停了下来,开始用手上下扇着。原来陶雅桥是随了她妈妈,怕热,热的时候会不停扇风,脸上冒着热气。

"诺。"她拍拍我。转身从手包里拿出一张粉红色的卡片,那卡片像是贺卡。我接过来,打开一看,里面用娟秀的字体写着两行字。

M:

公演顺利,毕业快乐,祝你前程似锦!

WXHN

A1

7月3日

"这是……"我疑惑道。

"我喜欢你。"她指着那行"WXHN"的字母,微微笑着说,"我女儿我最了解,她小时候就爱这样跟我通信。"

我点点头,一脸疑惑。

"有一年春节,薇生寄给我的一堆礼物里面夹着这张贺卡,我还琢磨着是不是哪个男生写给她的情书,不然就是她写给谁的情书吧。唉,那个男生是你吗?"

我一愣,脑袋"轰"的一声,像炸裂开来。

7月3日就是公演那日,也就是陶雅桥死的那日。

M 的意思应该是 Music，也就是裴南阳。

A1 是第一任女主角，也就是陶雅桥。

裴南阳和陶雅桥，为什么会这样……这到底代表了什么……

见我表情奇怪，陶雅桥妈妈也不好多说，她在空气里随意晃了晃手。"吃饭吃饭，不提了。"

桌上的人们交谈着、吃着、笑着，而我，在比夏天更热的火锅蒸气里，慢慢闭上眼睛。

我仿佛听见雨水，从四面八方袭来。

第十六章
星消失之夜

我习惯了把青春时代的一个谜,当成黑暗生活里,唯一的一点念想。

· 23 ·

这是冬天的第一场雪，傅薇生即将在旅顺度过的第二个春节。

她喜欢这间能看见北国大海的房间，装修简洁且租金不贵。如果帮民宿老板做前台整理一下客房，还能抵掉大半租金。旅顺这个城市很好，夏天在海边走石滩，会找到跳跳鱼和迅速横行的小螃蟹。这里秋天的黄叶非常美，而且物价也便宜。

只是冬天太冷了，暖气老旧。她写东西时，把脚放在一个装满热水的暖水炉上，用嘴哈着手，拿出一张印着银色麋鹿的粉红卡片，那是她在国外网站精挑细选的贺卡。

亲爱的妈妈:

春节快乐,我现在在葡萄牙里斯本呢,这里的市集好热闹。虽然这里早晚温差很大,但我好开心,因为在这座城市里所有路的尽头,都是海。

冬天的海灰灰的,可是海鸥还是飞得很勤快。有阳光的时候,我会去海边广场坐坐,在那里总能认识很多新朋友。

最近我在民宿学会了做"圣诞热红酒",我喜欢加很多很多肉桂,因为这样喝起来特别温暖,有机会一定要煮给您尝尝。

这次给您的春节礼物是一瓶葡萄牙当地的香草味香水,我在市集买的,味道很特别呢,希望您喜欢。

还有一份是给弟弟的礼物,我给他买了一双袜子,虽然年年都送袜子很没创意,但我真的不知道应该给男孩子买什么好。

您那边的春节应该也很有趣吧,祝您生活开心,祝弟弟大学毕业顺利。

Ps:不用给我寄礼物,我应该很快又要去别的地方啦!

雅桥

2015 年 1 月 18 日

傅薇生写得很慢很慢,尽量让字体娟秀端正,最后她满意地看了看,把明信片放进一个大信封里。接着她点开电子邮件,往一个名为"葡萄牙代购露西"的电邮地址发了一封邮件,大概意思是明天会把信寄出,麻烦和礼物一起寄去美国。

做完这些事情,她觉得很冷,站起来加了件外套,把脚下热水炉的水倒了些进茶杯里,暖着手,望向窗外。

窗外黑漆漆一片,她站起身打开了窗,一股夹杂着雪粒的冷风迅速飘入屋内,她裹紧了身上的外套,闭上眼睛,听着窗外潮水与雪交杂的声音。那首熟悉的旋律再次飘入耳中。

"星,消失午夜天,最后和你哭着痴缠。心,今天请你谅解,经不了考验……"

这一切好像是很久以前的事了。

尼泊尔加德满都前往塔梅尔的路边旅馆,这里白天能望见喜马拉雅山脉的雪域,夜里能看见星空。

游客都跑去市区热闹的商业街过圣诞节了,旅馆今晚几乎没有游客。莎莎在民宿公共区域的餐桌上摆好刚刚热好的咖喱鸡肉和手抓饼,这些都是上午趁着餐厅关门前买好的,还有几个橘子和杧果,这里的水果几乎都是进口的,橘子是中国的、杧果来自印度。

244

放下枇果时,莎莎愣了一下,但很快又拿起枇果削皮切块,仔细地摆在盘子上。接着她从自己房间里拿出一瓶红酒,开了后倒在民宿的两个简陋的瓷杯里。又点起一根烧了一半的蜡烛,摆在餐桌上,显得颇有几分仪式感。

做好这些后,她点起一支烟,默然看着窗外。

白天从窗户望出去是皑皑雪山,那些白色的巨大背景像是某种永远无法回避的命运暗示,提醒着人们种种往日因缘。这个国度有很多游客,很多垂头路过的僧人,很多听不懂的经文,很多香火鼎盛的寺庙……唯独没有一个答案。

每日与自己朝夕相处的裴南阳在想什么?

一直以来,他总是沉默地劳作,起早贪黑,用仅余百分之三十握力的手洗衣、洗被褥、洗菜,用简单的当地语言和孩子们沟通,只有在那时候,他的脸上才会露出一点笑容。那笑容在彩色经幡中,稍纵即逝。

此时,他穿着厚厚棉衣坐在院子里,只有一盏暗黄的灯照着他,让他的脸看起来像是那些昏暗寺庙里的僧人,虔诚无欲之下,暗涌着百转千回的往事。

他的怀里有把新吉他,那是在市区 Civil Mall 新开的乐器店里买的。一把吉他的价格,几乎够得上他半年储蓄。此刻他轻轻抚摸着那把吉他,右手微微颤抖,他拨了第一下和弦,是凌乱的。

随后,他很快调整了坐姿。此刻的他,似乎又变成了十年前在"水木月"兼职弹琴唱歌的大学生,在那盏冲绳彩色玻璃灯的映照下,把自己变成一个独立隔绝的世界。

当前奏响起,她猛然吸了一口滤嘴,不忍倾听。

"留给这世上我最爱的人,留低深刻炽热吻,今天起你独自生活,要多珍重,不要感晦暗……"

他的嘴微微动着,却没有发出声音,只有不成曲调的音乐缓缓低回。

不要感晦暗,有可能吗? 她在心里这样想。

此刻裴南阳的脑海里,记忆如潮水涌现。

那是一个埋藏在记忆最深处的夜晚——2008年7月3日。

当裴南阳在山顶缆车总站等待着那个熟悉的身影时,他对自己说,一定有其他方法,一定有的。

然而当他看见冷冷清清的站台前那个穿着旗袍的长发身影,心还是慌乱了一下。那旗袍上绣着的白色麋鹿图案,像一道黑夜里的月光,刺痛他的眼睛。

今晚,必须做个了结。

缆车一架一架如华尔兹舞池中的舞伴旋转而来,黄色、红色、蓝色……黄色、红色、蓝色、黄色……红色……是这架了！他快步走上前，拉住那个旗袍女子的手臂，坐上了缆车。

"唉！"随着一声惊讶的声音，他猛然发现，坐在自己身旁的竟然是陶雅桥。

"你……"他吃惊地看着她的小腿，那儿露出一截纤细白色，下面是一对暗红色的高跟鞋，"你怎么……"他一时不知如何表述自己的情绪，迷茫、震惊、疑虑、担忧、惊喜，太多的情绪塞满了脑袋，似乎就要从那大大的耳机满溢出来，他的头开始疼。

"你的腿……"

而陶雅桥的表情亦是同样惊讶，但她很快平静下来。她抿了抿嘴唇，自然地流露出一丝狡黠的笑容。

"薇生不舒服呢，让我来替她。一会儿公演，一起加油！"她笑着对他说。

"可是……"

"其实我们两个就像替补的 AB 角，谁去也没有关系……我告诉你哟，其实今晚，我妈妈会来，我一定要好好表现。"陶雅桥用手抚了抚被山风吹乱的头发。

"那你……"裴南阳望向她的腿，在黑暗山谷的背景下，那双旗袍下的小腿显得格外苍白纤细。"嘘，秘密。"她仰起头再次冲他笑了笑。

此时山谷渐渐陷入一片漆黑,他们并排而坐,就像在无尽宇宙中相依为命的漫游者,这一刻似乎等了很久,但又像是一场意外。

"对了……我有东西给你……"陶雅桥突然说,她的语调变得雀跃起来,她拿起道具包,想要打开,但她看了一眼里面,立马关上了,脸色变得煞白。

此时缆车经过一个转接口,引发轻微震动,裴南阳立刻扶住了椅子。

"怎么了?"他问。

"没,没什么……这里面……是个很烂的恶作剧……"她颓然地说。

见裴南阳一脸疑虑地望着她,她慌忙说:"我本来有东西要给你,但我忘记带了,下次带给你……下次……"

她知道不会有下次了,今晚见到母亲后,她就会跟着母亲去美国,会是明天启程,还是后天? 然后就从北京转机,飞往纽约,去到那个她从未去过的地方。反正从此以后,她应该再也不会见到他了。

想到这,她就想流泪,可是山风太大,一下子就把眼睛里湿润的部分吹干了。

"你怎么了?"裴南阳见她坐立不安的样子,于是问她,他已经决定要保护她,什么时候都好,什么都好。

"没事,我……有点紧张……"她想用紧张来掩饰心里巨大的失落。

裴南阳想了想,把耳机摘下来,架在她的耳旁。顿时世界安静,只剩下音乐,这是他二十年生命以来所有安全感的来源。把那些吵闹都隔绝在外,只有互相信任的人,才能走进来。那些大吼着的人们,通通在他的世界以外,即使那些人是他的亲人。

"星,消失午夜天……"他正在听公演时要弹奏的歌曲,陶雅桥想起很多很多,她记得每一个舞蹈动作,每一个舞台走位,每一个出入舞台左右的指示,这是她多年训练的结果。唯独她忘记了,是怎么开始喜欢上他的。

"裴南阳,我有话对你说。"她突然说,耳机的隔绝让她声音提高。

"嗯?"

她决定不摘下耳机,这样她才有勇气说下去。

"我喜欢你,我很喜欢你,即使没有办法在一起,我相信我们还是可以遇见的。"她用尽全力,大声说着。

她从来没有试过这么大声说话,母亲喜欢她轻声细语,像个淑女。她习惯了独来独往,假装坚强。她本来就是个胆大的怪小孩,却比谁都要乖。她逆来顺受,却又甘之如饴。

这样的生活,真让人恶心。

山谷寂静,回音一层又一层,像水池里的波纹,一圈比一圈大。

此刻裴南阳却只想捂住耳朵。

陶雅桥摇摇晃晃地站起来。

"你可以等我吗?"迎着烈烈山风,她笑着问他。那个美国研究生需要读一年,一年就好,她心想,然后她会去英国找他,然后……总有然后的,总有办法,总不会这样结束的。她第一次决定要为自己的人生做些什么。

可此刻,看见他皱眉的样子,他犹豫的样子,她觉得很吃惊,这不像他。他看起来非常痛苦,似乎想哭,又想呕吐。

"你怎么了?"她关切地上前,想要摸一摸他的额头,他却用尽全力推开,就像推开当年那只小猫"花花",在父母的大声争吵中,那只缩在角落瑟瑟发抖的小猫。

"走吧,你自由了。"

缆车猛烈摇晃起来,陶雅桥被推得重心不稳,伸手扶住了缆车唯一的那根扶手。然而就在下一秒,那根扶手就像坍塌的雪山,在焊接处断开,她扶了个空,她想要抓住裴南阳的胳膊却为时已晚。

裴南阳只看见她纤细的身影在夜色里晃了晃,她的长发被风吹起,像一只恢复自由的鸟。她叫也没叫,就这么掉了下去。

　　山谷,就像一泓深不见底的潭水,当她消失在黑暗中时,连丝毫涟漪也没有。万籁仍旧寂静,她好像从未存在过,刚才那响彻山谷的声音,似乎还在隐隐约约的远处,一层又一层地低回着。

　　最可怕的事情还是发生了,一切都错了。从刚才遇见陶雅桥开始,不,从一开始就错了。他的手颤抖着,那仅剩的握力却连椅子也握不住,此刻那截松脱的扶手仍旧摇摇晃晃地卡在那儿,像一截战场上遗留的断剑,狠狠地扎进他眼中,此生都无法再拔出来。

　　到总站的时候他差点忘记了下车,是坐在后面的莎莎下来把他拉走的。当裴南阳回过神来时,莎莎已经站在他身旁。在她的目光中,他看到了和自己一样的极度惊恐。"我去报警……"他喃喃地说。

　　"不行!"莎莎低声说。

　　"为什么?"

　　"你知道为什么……我只是想帮你……"莎莎低下头,声音哽咽。

他当然知道为什么,莎莎是机械工程系学生,把指定一架旧缆车的扶手弄松对她来说是非常简单的事,但本来他只是想和傅薇生好好谈谈,关于她那些霸道的指令。即使最坏最坏,也能吓一吓她。

他想不到会是这样的结果,想不到自己当时会犹豫没有拉住陶雅桥,因为那一丝的犹豫,让她掉下了山谷。

"耳机……你的耳机呢?"莎莎突然问。

耳机,耳机还在陶雅桥身上。他猛然想到。

"不行,我们得去一趟,收拾干净。"莎莎喃喃地说。

他觉得双腿一阵发软。

"不行,一定要去,迟早会被发现的。"莎莎的语气低沉而坚定。

他掩面蹲坐下来,却被莎莎一下子拉起来,然后再跌坐下去,再被拉起来。他像溺水的人抱住浮木一样,抱住了莎莎。

他们在山谷里找了七个晚上,才找到陶雅桥已经腐烂的尸体。裴南阳拿走了耳机和陶雅桥的手机。

从那夜之后,他再也不戴耳机,因为早已自动隔绝了全世界。

莎莎抽完烟盒里最后一支烟,裴南阳还在院子里抚摸着那把吉他。那夜之后他的手落下了颤抖的毛病,只有尤克里里勉强还能有力气按。

这把吉他,看来买来也无用。所有和弦都按得松散刺耳。不仅和弦,他还试过市区餐厅里那架钢琴,却连简单的黑白键也无力按下去,每一个音符在他颤抖的手指下变得像沙砾一样粗糙,连他最最熟练的初级练习乐章,听起来也像是刚学钢琴的小孩子在胡乱弹奏。

裴南阳脑海中的所有音乐,从此无法再被表现出来。而她深深知道惩罚不止如此,她也在等。她只是希望,在审判来临之前,日子能过得稍微平静一些。

烛火摇曳中,她开始吃桌上凉掉的食物。

·24·

陶雅桥妈妈临上车时,对着我们笑了笑。那盏昏暗路灯,让她看起来完全变回那个与年纪相符的老妇人。

她上车的动作有些佝偻,那套剪裁精美的名牌套装,也无法遮掩岁月在她身上留下的疲惫。

"去机场。"只有和为她服务的人说话时,那股气势又充盈起来。她没有按下玻璃窗,只是隔着玻璃和我们挥了挥手。

车子绝尘而去,我知道和她再也不会见面了。也许她也永远不会再打开和"女儿"的那些电邮,当她知道女儿其实已经过世十年,便会选择放下执念,继续为活着的人做打算。

我突然有些同情陶雅桥的弟弟,那个与母亲一直生活在纽约的年轻人。也许陶雅桥是幸运的,至少她在年轻时代能够自由地去爱一个人。

随后,我也和陈子谦、文倩告别。文倩小女儿握了握我的手,表示我们成了朋友,她吃得胖乎乎的脸有一种与其年龄不符的成熟感,从她的眼神中,我突然意识到她的懂事和沉静,来自她知道此时此刻只有妈妈可以依靠,她必须乖乖的,不惹任何麻烦。于是我和她悄悄比了个"加油"手势,她成熟地朝我点点头。

我婉拒了陈子谦送我回家的提议,我想一个人走走。而其实陈子谦早就喝多了,他的妻子把他扶到车上,又安顿好后座文倩的女儿系好安全带,才坐回驾驶座。她朝我歉疚地笑笑,样貌普通的脸上,有种坚定与娴熟的气质。也许陈子谦这种永远长不大的男人,就需要一个这样的妻子吧。

一切早有定数,当年我们幻想未来华丽如锦绣,最后也不过是一场平凡的人间烟火。

我想起有一年,我和当时的女友在伦敦跨年过烟花节,她订了很贵的景观餐厅,而我打算向她求婚。

当烟花在最璀璨的时候,她一直在埋头看手机回短信,当时我隐隐约约感觉到有什么不对。而跨年钟声响起,在主屏幕上投影出的巨大数字,却是一个错误的年份。我觉得很好笑,很想和她分享,但她仍在看着手机。

最后我还是没有拿出求婚戒指。我们分手不久她有了新男友。其实当她知道我打算回国继续拍纪录片时,就已经打算和我分开了。

后来,我还是回到了我年轻时居住的这个南方城市,因为我习惯了生活在燠热夏日里,习惯了海风吹来合欢花的味道,习惯了把青春时代的一个谜,当成黑暗生活里,唯一的一点念想。

白日虽然灼目,黑暗中却幸有那一点光。活下来的人们,都在努力活着。

灼目之夏

作者 _ 吴沚默

出版统筹 _ 王轶冰

责任编辑 _ 康嘉瑄

制作团队 _ 张璐　伍绍东　范园　康悦怡　李佳骐

装帧设计 _ 肖瑶

物料插图 _ 芝麻糊 ZMH